ここに居るのはみんな神獣だ。
リルだけが、この愛らしい神獣達とお話しできた。
それが特別なことだと知ったのは、
やっぱりこの拠点に来てからだった。
捨てられ転生幼女はもふもふ達の通訳係
interpreter of mofumofu
1
はにかえむ
ill. わたあめ

イアン
グロリア
ジャスティン
リル
Characters

エルヴィス
リア
パーネル

リルは最後に、眠る神獣達を写真に収める。
これからも人間達と神獣達の
友好が長く続きますようにと願った。

捨てられ転生幼女はもふもふ達の通訳係

interpreter of mofumofu

1

はにかえむ

ill. わたあめ

Suterare tenseiyoujo ha
mofumofutachi no tsuyakugakari

Contents

リルが拠点の扉を開けると、今日も前庭には沢山の神獣達《たち》がいた。

『リル、おはよう』

『今日はいい天気だよ』

キツネとタヌキがリルの足に前足をかけて挨拶してくれる。

「みんなおはよう！　今日も森に異常はない？」

そう言うと、ウサギ達とリス達が森の様子を教えてくれる。こうして神獣達に森に異常がないか確認することがリルの仕事の一つだった。

『今日も平和ね、いいことだわ』

リルの守役である銀狼《ぎんろう》の琥珀《こはく》は、その場にお座りすると日向《ひなた》ぼっこを始めた。琥珀は大きすぎるため小さい子達との遊びにはあまり参加しなかった。その代わりいつも優しい目でリル達を見守ってくれる。

『今日は何して遊ぶ？』

遊ぶのが大好きなキツネが、待ちきれないと言わんばかりにリルの周りを回りながら問いかけてきた。

「今日はかくれんぼにしようか。最初は私が鬼ね」

そう言うと、神獣達は一斉に走って隠れ始めた。リルは目を閉じて大きな声で十まで数えると、みんなを捜しに行く。

とはいえ、この前庭は広大ではあるが隠れられる場所があまりない。みんなフサフサのシッポがのぞいていたり、体が半分見えてしまっていたりしている。

リルはそんなところも可愛《かわい》いなと思いながら一匹一匹捕まえてはフカフカの毛並みを堪能するように撫《な》でる。

毎日水浴びをして綺麗《きれい》にしている神獣達はお日様の匂いがした。


「リル？　どこにいる？」

何回目かのかくれんぼで息をひそめて隠れていたリルは、義父であるイアンの声でかくれんぼを中断した。

隠れていたアスレチックの陰から、そっと抜け出して後ろからイアンに抱きつく。

「ここだよ、お父さん！」

「驚いた！　かくれんぼをしていたのか？　姿が見えないから心配したぞ」

いたずらが成功したように笑うリルの頭をイアンが撫でる。

「遊びの邪魔をしてすまないな。ミレナが沢山パイを焼いてくれたぞ。もちろん神獣様達の分もあるからみんなで食べよう」

『やったーおやつだ！　リル、食べよう』

近くで話を聞いていたのだろう、隠れていた神獣達が次々と顔を出してリルとイアンを取り囲む。

『かくれんぼはお休みね』

リスやウサギの姿をした小さな神獣達は、そう言うと喜んで飛び跳ねている。リルも一緒になって飛び跳ねて楽しそうだ。


リルは優しい神獣達やお父さん、拠点のみんなに囲まれて幸せだった。

だってこれまでリルには家族と呼べる人間はいなかった。

この拠点に来て初めて、リルは幸せがどういうことか知ったのだ。

拠点の料理を担当しているミレナの作ってくれたフルーツのパイは絶品だ。数の多い神獣達のために沢山焼いてくれたのだろう、テーブルの上はいい匂いのするパイで溢《あふ》れていた。

ミレナはパイを切り分けると、神獣達のためにお皿に盛って床に置いてくれる。拠点の騎士達もそれを手伝っていた。

『わーい、ありがとう！』

『人間の料理はやっぱりおいしいね』

神獣は胃が丈夫なので大抵のものは食べられる。もちろん、草食と肉食で好みは分かれるけれど、フルーツのパイはどちらにも人気だった。ミレナは沢山のパイを切り分けながら神獣達に言う。

「まだ焼いていますから、たくさん食べてくださいね」

拠点の騎士達も微笑《ほほえ》ましげに神獣達を眺めながら次々とパイを切ってゆく。

リスにウサギにキツネにタヌキ、そして鳥達も、ここにいるのはみんな神獣だ。

リルだけが、この愛らしい神獣達とお話しできた。それが特別なことだと知ったのは、やっぱりこの拠点に来てからだった。

リルは神獣達のために自分のできることをしたいと思っている。神獣と人間の架け橋になって、神獣達が幸せに暮らせるようにするのだ。そのためならどんな苦労も惜しまないと決めていた。

一章　リルと神獣

Chapter One

そこはほとんど光の入らない地下の牢獄《ろうごく》だった。まるで獣の巣のようなそこで、少女は名前すら与えられずに暮らしていた。年は六歳になった頃だ。

退屈を凌《しの》ぐための本が数冊しかないこの部屋の中で、少女はそれでも笑って暮らしていた。

理由は遊びに来てくれるお友達がいるからだ。牢獄の隙間に唯一入ることのできる、小さなマロンという名のネズミと、頭の中で語りかけてくる『みちるちゃん』だけが少女の友達だった。

マロンの話す言葉と『みちるちゃん』の記憶でしか外の世界を知らない少女だったが、それでも幸せだった。


少女は壁に人差し指で絵を描いていた。インクなどもないのでただ壁を指でなぞるだけだが、少女の中では完成された絵が描かれていたのだ。

少女が夢中になって絵を描いていると、一匹のネズミが鉄格子の隙間から中に入ってきた。

「マロン、また来てくれたの？」

少女は小さな灰色のネズミに語りかける。

『お嬢さんになら毎日だって会いに来るさ。でも今日はなんだか屋敷が騒がしいみたいだ』

マロンが首を傾《かし》げてなんだかいつもと違うと零《こぼ》す。

「お母様に何かあったのかな？」

心配そうな少女にマロンは言った。

『少し調べてこようか？　お母さんやお姉さんに何かあったら一大事だ』

少女は少し考えて言う。

「お願いできる？」

マロンはもちろんと言うと鉄格子の隙間から出ていった。

この屋敷に住まう人間は、ネズミと会話をする少女が狂ってしまったのだと思っていた。少女をこのような境遇に追い込んだのは自分達《たち》だというのに、おかしいのは少女の方だと宣《のたま》うのだ。

そしてその日、少女の平穏な日常は突如崩れることとなる。

地下の牢獄に豪奢《ごうしゃ》に着飾った貴婦人が降りてくる。少女の母親である。母親は一人の男を連れていた。

「お母様」

少女がつぶやくと母親は娘を睨《にら》んだ。

「やめてちょうだい！　そう呼んでいいのはミレイユだけよ！」

母親はヒステリックに喚《わめ》き散らす。ミレイユとは少女の双子の姉のことだ。双子はこの国では忌み子である。そのため妹である少女は存在を隠されて育ったのだ。いつでも姉と入れ替えられるように、最低限の教育だけは施されて。

「早くこの気狂いを連れて行って！　こいつがいたらミレイユの邪魔よ」

男は少女に手を伸ばす。強く摑《つか》まれた腕がきしんで悲鳴をあげた。

「ミレイユは聖女に選ばれたのよ！　もうお前なんていらないわ」

男は少女を担ぎあげると、汚い馬車に乗せた。

「早く森に捨ててきてちょうだい」

母親の声と共に、馬車は走りだす。少女の頭の中で警鐘が鳴る。自分は森に捨てられるのだと少女は理解してしまった。


どれくらい時間が経《た》っただろう。少女はずっと怯《おび》えていた。やがて馬車が止まると、外に引きずり出される。地面に投げつけられた少女が痛みをこらえていると、馬車は走り去ってしまった。

ここはどこだろう。少女が周囲を見回すと、木々しかなかった。自分が森のどの辺にいるかもわからない。とりあえず人を捜そう。そう『みちるちゃん』が言った気がした。

少女は森の中をぐるぐると歩き回った。しかし、地下暮らしの長い少女の体力ではそこまで歩けない。すぐに息を切らして座り込んでしまった。

そこに、小さなリスがやってくる。可愛《かわい》くて、少女は手を伸ばしてリスを撫《な》でた。

「あなたも一人なの？」

少女が聞くと、リスは不思議そうに首を傾げた後に言った。

『違うよ』

「そっか、お友達がいるんだね、いいなぁ」

リスはまた反対側に首を傾げると少女に聞いた。

『通訳者？』

少女には何のことだかわからなかった。困惑しているとリスが言った。

『ここで待ってて』

「待っていればいいの？　どうして」

リスは助けを呼んでくると言うと、走り出した。

走り去るリスの姿を、少女は寂しく見送った。

リスに言われたように、しばらくそこで休憩をとる。喉が渇いて仕方なかった。もう歩けないかもしれない。リスさんは戻ってきてくれるかな。色々なことが頭を巡った。

その時だった。沢山のリスが少女の周りに集まってくる。

『助けが来たよ』

『呼んできたよ』

みんな口々にそう言う。

リス達に続いて現れたのは、大きなクマだった。さすがの少女も驚いて後ずさる。

『まあ、こんなにやつれて……捨てられたのね、かわいそうに』

どうやらクマは少女のことを心配しているようだった。

「あ、クマさんは……」

少女は言葉を返そうとするが喉が渇いてかすれた音しか出なかった。

『喉が渇いているのね。こっちにいらっしゃい』

クマは少女を担ぎ上げると、そのまま歩き出した。すでに体に力の入らない少女はされるがままだ。

『まさか本当に『通訳者』がいるなんて……とりあえず水を飲みましょう。川まで連れて行ってあげるわ』

喉が渇いていた少女は嬉《うれ》しかった。どうやら優しいクマさんのようだ。

少女がかすれた声でありがとうと言うと、クマは笑ったようだった。

川べりに着くとクマは少女を降ろした。少女は手ですくって水を飲む。生き返ったような心地だった。

少女が水を飲んでいると、木々の隙間からキツネやタヌキが顔を出す。

キツネは口に木の実の付いた枝を咥《くわ》えていた。

『これ、食べて。美味《おい》しいよ』

少女はお礼を言ってキツネの差し出した木の実を食べると、その甘さに感動した。

生まれてこの方硬《かた》いパンしか食べたことのなかった少女は、夢中になってその実を食べた。

頭の中で『みちるちゃん』の歓喜の声が聞こえる。

動物達はみんな少女に優しかった。少女は捨てられた恐怖も心細さも忘れて、優しい動物達と楽しい時間を過ごした。

ここでみんなと一緒に暮らせたら、どれほどいいだろう。少女はそう思った。

「私、帰る所がないの。ここでみんなと一緒に暮らしてもいい？」

少女がそう言うと、クマが困ったような顔をした。

『この森を出てすぐの所に、人間の騎士達がいるわ』

少女は悲しくなった。自分はそこに行かなくてはならないのだろうか。お母様がそうだったように、もし疎まれたらどうしよう。少女はまだ、人間と接するのが怖かった。

俯《うつむ》いてしまった少女に、クマは言う。

『そうね、一緒に暮らしてもいいけれど、森での生活は過酷よ。大丈夫？』

心配そうなクマに少女は大きく頷《うなず》く。ここで暮らせるならどんな苦労も厭《いと》わないと、心に決めた。

それからの時間は緩やかに流れた。一日中動物達とお喋《しゃべ》りしながら食べ物を集める。

夜はみんなで体を寄せ合って眠った。少女にとってはこれまで生きてきた中で一番穏やかな時間だった。

『ねえ見て！　あそこに大きなリンゴがあるよ！』

少女の足元でキツネが飛び跳ねる。高い所に実っている果物は小さな動物達にはご馳走《ちそう》なのだそうだ。

少女は動物達のために木登りを覚えた。リンゴを取るとみんなとても喜んでくれるのだ。少女は優しい動物達の役に立ちたかった。

木に登ってリンゴを下に落とす。そうするとウサギやシカ、イノシシも集まってきた。ネズミやリスも一緒に木に登ってリンゴを落とすのを手伝ってくれる。大量のリンゴにみんなが飛び跳ねて喜ぶ。

時折様子を見に来てくれるクマにもプレゼントすると、とても褒めてくれた。少女は嬉しくなってもっと沢山果物を取ろうと思った。

『ねえ、本当に人間の所に行かなくてもいいの？　もうじき冬が来るから、毛皮のない人間が森の中で暮らすのは大変よ』

クマは少女に会う度にそう言った。頭の中で『みちるちゃん』が人間の所に行くべきだと言うが、少女はまだ勇気が持てなかった。クマの言葉に首を横に振ってここにいたいと訴える。クマは困ったような顔をして、それでも少女の気持ちを汲《く》んで無理やり連れて行こうとはしなかった。

一週間も経った頃、少女はすっかり森になじんでいた。

この日もキツネとタヌキとウサギを引き連れて、食料確保に向かう。それが終わったら追いかけっこをして遊ぼうと約束していた。

この頃になると少女は不思議なことに気がついていた。会話できる動物と、会話できない動物がいるのだ。会話できない動物は少女を見ると逃げるか、反対に襲ってきた。

この違いは何だろうと少女は考えたが、答えは出なかった。

『リンゴの木見つけた！　そこまで競争だ！』

タヌキが叫ぶと、みんな一斉に駆け出してゆく。地下生活が長かった少女は全く追いつけなかったが、懸命に走った。息を切らして走るのは楽しい。少女はそんなこともずっと知らずにいたのだ。

木までたどり着くと、少女はみんなに応援されながら木に登った。リス達が上の方で少女が登ってくるのを待っている。リンゴをあらかた落とすと木から降りて、みんなでリンゴを住処《すみか》まで運ぶ。

少女の今の住処は小さな洞窟だった。小さな動物達は他に住処があったが、少女が寂しくないように交替で洞窟に泊まりにやって来てくれていた。洞窟に沢山のリンゴを運ぶと、空が暗くなってくる。どうやら雨が降るようだった。

『追いかけっこは延期だね』

キツネが残念そうに言うと、みんな一緒に洞窟で雨宿りをする。少女は寒いなと思い、そばにいたタヌキを抱きしめた。少女の体が冷えていることに気づいた動物達が、次々と少女にくっついて温めてくれる。ここはなんて暖かいのだろうと少女は思った。地下にいたころは、寒さに震えて時が過ぎるのを待つことしかできなかったのに、今は温めてくれる友達が沢山いる。

やがて土砂降りになった雨を眺めながら、少女はみんなに囲まれて眠りについた。

少女にはそこからの記憶があまりなかった。目が覚めると、体が思うように動かない。とても寒くて歯がガチガチと音を立てていた。一緒に寝ていた動物達が慌てているのが見えた。

捨てられるまで少女は運動らしい運動をしたことがなかった。それなのに無理をして森を歩き回ったからとうとう限界が来たのだ。少女は高熱を出していた。

こんなことならクマの忠告をちゃんと聞いて、人間の暮らす場所に行くんだったと後悔した。優しいみんなに心配をかけて、自分は何をしているのだろうと思った。目の端にリスが雨の中どこかへ駆けていくのが見える。リス達まで風邪をひいてしまうと止めようとしたが声が出なかった。

残ったみんなが寄り添っていてくれる。混濁した意識の中で最後に見たのは、狼《おおかみ》に乗った金髪の男の人だった。

◇◇◇

イアンは雨の中、窓から外を見ていた。この土砂降りの中では森の見回りは難しいかもしれないとため息を零す。

見回りの中止を他の騎士達に伝えようとした矢先のことだった。窓の外にリス達の姿が見えた。このリス達は神獣だろうかとイアンは窓を開ける。すると窓からずぶ濡《ぬ》れのリス達が飛び込んできた。

一匹のリスはイアンの服の袖に噛《か》みつくと必死な様子で引っ張りだした。

別のリスは何やら自分の相棒の銀狼《ぎんろう》であるルイスに話しかけているようだった。すぐにルイスが大きな声で吠《ほ》えると、イアンに背中に乗るように仕草で伝える。

状況から考えてまた森の中に誰か捨てられたのかもしれないと思った。わざわざこんな大雨の日に捨てるなんて悪質にも程があると、イアンは眉をひそめる。

急いで他の騎士達に事情を伝え、ルイスの背中に乗って森の中に入った。

神獣であるルイスの足は速い。雨すら避《よ》けられそうなルイスのスピードに耐えながら、リスの案内で森の中を走る。

すると小さな洞窟にたどり着いた。中にはたくさんの神獣がいた。その神獣達に埋もれるようにして、小さな女の子がぐったりと横たわっている。

「大丈夫か!?」

少女を見るなり、イアンは狼から飛び降りた。

急いで少女を抱え上げるとどうにも熱があるようだった。イアンは自らのスキルを少女に使う。

イアンのスキルは『治癒』だった。しかし怪我《けが》を治すのに特化していて病気にはあまり効果がな

い。それでも使わないよりはマシだろうと、今にも息絶えそうな少女に全力でスキルを行使する。

心なしか呼吸が落ち着いたような気がするが、早く医者に診せなければ危険だろうと急いで拠点に連れ帰ることにした。

イアンは意識が混濁した少女を抱えると、再び狼に跨《また》がり拠点に向かったのだった。


少女を医者に診せ、ベッドに寝かせたイアンは憤慨していた。この森に子供が捨てられることは珍しくないが、その度にイアンは言いようのない怒りを抱えていた。隣国——レイズ王国は長く賢者の作った魔物避けの結界に閉じこもっていて外交を好まない。だから結界の外にあるこの森を魔物によって穢《けが》れた森と忌み嫌い、よく人を捨てるのだ。この森はウィルス王国にとって神聖な森だというのに。

しかしこの森が神聖な物だからこそ、捨てられた者達が助かっている側面もあるので、胸中複雑なのである。

今日捨てられていた少女の状態は酷《ひど》かった。痩せ細り、まともな食事が与えられていなかったのは一目瞭然だった。恐らく何らかの理由で忌み子認定されたのだろうと推測する。

レイズ王国は結界に籠っているせいで、未《いま》だに多くの偏見を捨てることができないでいる国なのだ。別の人種の人が歩いているだけで、石をなげられることもあるという。

イアンは推測される少女の境遇に胸を痛めた。

イアンは食事の用意をして部屋に戻ると、少女の容態を確かめる。

医者のスキルのおかげでだいぶ熱も下がり、呼吸も落ち着いていた。イアンはそっと胸を撫で下ろす。

すると自身の相棒の神獣であるルイスが部屋に入ってきた。少女が起きた時に部屋に狼がいたら驚くだろうと、イアンはルイスを部屋から出そうとする。しかしルイスは一向に出ていこうとしなかった。そればかりか、少女の横にお座りして居座る姿勢になってしまう。

イアンは困り果てた。人語を解するほどに賢いはずのルイスが一向に言うことを聞かないのだ。少女に何かあるのだろうかと、イアンは考える。しかし答えは出なかった。


やがて、少女は目を覚ました。

イアンは怯えさせないように話しかけると、水を与える。

少女はよほど喉が渇いていたのだろう、その水をゴクゴクと飲んだ。

「あの、助けてくれてありがとうございます。狼さんもありがとう」

少女は水を飲み終わると、その年齢では不思議なほど礼儀正しく言った。しかも狼にも怯えていないようだ。

イアンは少女が怯えないようにしながら、情報を聞き出そうとする。

「君の名前は？」

「名前、ないです」

少女は悲しげに目を伏せていた。イアンは顔をしかめそうになった。

「では、そうだな……とりあえずリルと呼ぼう、どうだ？」

そう言った瞬間、少女――リルの顔が輝いた。それはリルがずっとずっと欲しくてたまらなかった自分の名前だったのだ。

リル、リルと心の中で何度も反芻《はんすう》する。嬉しそうなリルを見て、イアンはひと安心する。リルとは拠点の周りに多く生えている小さな白い花の名前だ。後でとってきて枕元に飾ってやろうとイアンは思った。

『私はルイスだ、よろしくリル』

不意に、ルイスが鳴いた。リルはそれに返事をする。

「うん、よろしくね、ルイス」

イアンは固まった。自分はリルにルイスの名前を教えただろうかと。しかもそれからも、二人は何事かを会話しているようだった。

「待ってくれ、リル。リルはルイスの言葉がわかるのか？」

そんなまさか。そう思ったが、リルは不思議そうに小首を傾げた。

「はい、わかります」

とんでもない宝玉を拾ってしまったと、イアンは頭を抱えた。

「あの、動物と喋れるの、おかしいですか？」

リルは落ち込んだ様子で言う。イアンは慌ててそんなことはないと否定した。

「リルは恐らく『通訳者』のスキルを持っているんだろう」

イアンの言葉にリルは首を傾げる。

「スキルってなんですか？」

「スキルとは誰もが持つ、神から授かった力のことだ。リルのスキルも後でちゃんと調べような」

うぁおファンタジー！　と『みちるちゃん』が言っている。リルは少しワクワクして頷いた。

もしリルのスキルが『通訳者』であったならばこの国を建てた王と同じスキルだ。この国にとってそのスキルは宝。間違いなく重用されるだろう。イアンはリルをそばに置いておくことに決めた。

「リルがどうして森にいたのか聞いてもいいか？」

リルは自分の知る限りのことを話した。双子として生まれ、地下に幽閉されていたこと。最低限の言葉と文字の読み書きだけ教えられたこと。そして姉が聖女になって、もう要らないと森に捨てられたこと。それからは森で動物達と暮らしていたことだ。

話を聞いたイアンとルイスは内心怒り狂っていた。リルの手前表に出すことはしなかったが。

「行く所がないならここにいるといい。歓迎する」

イアンはそう言ってリルの頭を撫でた。リルは生まれて初めて頭を撫でられて嬉しかった。子供は本来こうされるものだと『みちるちゃん』の記憶から勘づいていたからだ。

そう、リルは気づいていた。自分が不当な扱いを受けていることを、所謂《いわゆる》虐待をされていたという事実を。ただ抜け出すことができなくて、気づかないフリをしていただけなのだ。

リルの目から無意識に涙が零れ出す。音もなく涙を零すリルの姿に、イアンは心を痛めるのだった。

リルの涙が止まる頃、リルのお腹《なか》が大きな音をたてた。そういえば今日は朝から何も食べていないと思い返す。イアンは笑って持ってきた食事を差し出した。

それは温かいスープと真っ白なパンだった。リルは『みちるちゃん』の記憶でしかこんなに美味しそうなものは見たことがない。

本当に食べていいのかとイアンの顔色を窺《うかが》うと、笑って頭を撫でられた。

リルは恐る恐るスープを口に入れる。生まれて初めて食べる温かいスープの味は格別だった。白いパンも食べてみる。いつものカチカチのパンとは違い、口の中で溶けるようだった。リルは夢中で食事を平らげる。イアンはその光景を見て切なくなった。全くろくなものを食べてこなかったと思わせる食べ方だったからだ。しかし夢中になって食べているが、スープを零さないし、パンをちぎって口に入れている。なんともアンバランスな食べ方だった。

リルが食べ終わった頃、イアンは気になったことを尋ねてみることにした。

「綺麗《きれい》な食べ方は家で教わったのか？」

リルは少し考えた。綺麗な食べ方は『みちるちゃん』の記憶の中にあったのだ。

「『みちるちゃん』に教えてもらいました」

イアンは突然出てきた名前に困惑したが、すぐに『みちるちゃん』が誰なのか聞き出す。

「私の頭の中にいるの……幽霊みたいな？」

返答からリルでさえもよくわかっていないのだとわかる。イアンはもしかして守護霊ではと思っていた。

守護霊憑《つ》きの人間は実在する。彼らは主に血縁者に憑き、時に守護対象に話しかけ、超常的な力で守護対象を守ったりするのだ。もしかしたら彼女の先祖の内の誰かが、彼女の境遇を哀れんで憑いてくれたのかもしれない。

「その『みちるちゃん』は物を動かせるのか？」

「できません」

リルは何やら不思議そうに返してくる。イアンはリルの守護霊はそれほど強くないようだと認識した。

本当は『みちるちゃん』は、寂しさのために前世の記憶を元にリル自身が生み出したイマジナリーフレンド——空想上の友達なのだが、イアンに真実を知る術《すべ》はない。リルには『みちるちゃん』という守護霊が憑いているということになってしまった。

リルのことが大体わかってきて、さてどうしようとイアンは考える。王宮に急いで連絡して『通訳者』の可能性がある子を保護したと伝えなければならない。しかしリルをいきなり王都に連れていくのは酷だろう。衰弱しているため数ヶ月は様子を見る必要があると連絡するか。そうイアンは決めた。

「あの……名前……」

考え込むイアンにリルは何か言いたそうだった。そこで気づく、イアンはまだリルにきちんとした自己紹介をしていなかった。

「イアン・ウィルソンだ。第二聖騎士団の団長をしている。これからよろしくな」

リルは頭の中で何度も唱えて恩人の名前を記憶する。

「第二聖騎士団ってなんですか？」

「神獣様が住まう聖なる森を守るのが聖騎士団だ。第二なのは神獣様が住む場所が沢山あるからだな。第八聖騎士団まであるぞ」

簡潔な説明でリルは理解することができた。しかし一つわからないことがあって、首を傾げた。

「神獣ってなんですか？」

そう言った途端、リルの膝にルイスが前足と頭を乗せた。

『神獣とは私のように聖なる気を纏《まと》い、高い知性ある動物のことだ。一見魔物と似ているが、穢れを纏う魔物とは対極の存在だ』

なんだかとっても誇らしげに話すルイスの頭をリルは撫でた。毛並みはフカフカで気持ちいい。

神獣はとてもいいものだとリルは思った。

「ルイスに教えてもらったのか？」

イアンは微笑《ほほえ》ましげに笑う。ワンワン吠えたと思ったら、黙ってリルに撫でられているルイスの様子が可笑《おか》しかった。

「はい。私を助けてくれた動物さん達も神獣ですか？」

ルイスは未だリルに撫でられている。本来神獣は人にあまり触れさせないのだが、リルの境遇を汲んでくれているのだろう。弱き者に優しいのが神獣だ。

「そうだ、あの森には魔物もいるが、神獣様が多く生息している。この国の中でも一番大きい森だからな」

「神獣さん達にお礼を言いに行きたいです」

リルは礼儀正しいなとイアンは思っていた。これも『みちるちゃん』の教育の成果なのだろうか。

「お礼を言いに行くのはいいが、また今度にしよう。雨が降っているし、完全に元気にならないと森には入れないぞ」

リルはその通りだと思ったのだろう、イアンの言うことをよく聞いた。

「あの、私本当にここにいていいんですか？」

不安になったのだろう。リルがイアンに聞いた。

「勿論《もちろん》だ、みんな歓迎するだろう」

「私、お仕事頑張ります。なんでも言ってください」

イアンは考えが甘かった自分を恥じる。目の前の少女はきっとまだ怯えているのだ。無償の優しさを受け入れることができないくらい、心が追い詰められているのだ。リルにはここにいていい理由が必要なのかもしれない。

「じゃあ、熱が下がったら仕事を任せようか。ここにいるルイスの通訳係だ。ルイスが森の見回りをするから、森の様子をルイスに聞いて俺に教えてくれ。ルイスの言葉がわかるのはリルだけだから、重大任務だぞ」

そう言うとリルは目を輝かせていた。

「はい！　通訳係頑張ります！」

元気に叫ぶとルイスに明日からよろしくねと笑う。リルはやっと自分の居場所ができたことに安《あん》堵《ど》していた。

◇◇◇

リルがまた眠ってしまった後、イアンは森のそばのこの拠点に常駐している五人の騎士を呼んだ。そしてリルの事情を説明する。『通訳者』の可能性があると言うと驚く者や喜ぶ者、様々だった。

「女の子だ、普段の世話役はロザリンがいいだろう。起きたら取り急ぎ風呂に入れてやって欲しい。

グロリアも協力してやってくれ」

ロザリンとグロリアは快く了承する。特にロザリンは、リルと同じように幼い頃森に捨てられたのだった。今も内心腸《はらわた》が煮えくり返っている。

「今はルイスが付いていてくれている。明日の午前中には紹介するからそのつもりでいてくれ」

団員達は緊張した。今まで子供を拾うことは多かったが、拾った子供はすぐに近くにある孤児院に預けていたのだ。拠点に長期滞在する子供は初めてであった。

しかも国の宝である『通訳者』の可能性があるのだ。どう接すればいいのかみんな皆目見当もつかなかった。イアンは神妙な顔をしている団員達が面白くて笑ってしまう。リルのことだからきっとすぐに馴染《なじ》むだろう。イアンはそう思った。


イアンが外の様子を見るために拠点にしている建物を出ると、軒下に神獣であるリス達が団子になっていた。あまりの光景に思わず立ち止まったイアンだったが、すぐに合点がいった。

「女の子なら今眠っている。明日の朝には起きられるだろう」

そう言うと、リス達はわかったというように頷いて森に姿を消した。拠点にリルのことを伝えに来てくれたのは彼らだった。リルの前にも捨て子の存在を知らせてくれたことがあったが、保護した後に様子を確認に来ることはなかったはずだ。やはりリルは特別なのだと、イアンは気を引き締めた。

◇◇◇

すっかり雨も止《や》んだ翌朝、ロザリンとグロリアを連れてイアンはリルのもとに向かう。何かあった時のためにルイスを部屋の中に残してきたが、大丈夫だろうかと心配になる。泣いていたりはしないだろうか。

部屋に近づくと、ルイスがワンワン吠える声と、リルの笑い声が聞こえた。イアンは一安心する。扉をノックして部屋に入ると、リルはベッドの上に座ってルイスを撫でていた。

「おはようリル」

「おはようございます。イアンさん」

リルは笑顔で挨拶を返してきた。イアンはまたホッとした。

「リルに紹介したい人がいるんだ。この拠点にいる二人の女性騎士だよ」

挨拶を促すと、ロザリンとグロリアは緊張した様子で自己紹介する。

「ロザリン・ピアースよ。今日からよろしくね、リルちゃん」

「グロリア・ソラナスと申します。よろしくお願いします」

リルは心の中で名前を忘れないように復唱する。そしてベッドから立ち上がってお辞儀をした。

「リルです。よろしくお願いします！」

この歳《とし》でどうしてこうも礼儀正しいのかと、グロリアは面食らった。リルの守護霊は行儀に厳しいのかもしれないと思い直す。

「まず二人に風呂に入れてもらえ。そうしたら他のみんなへの紹介と、建物の案内だ」

リルはなぜか気合を入れているような仕草をしていた。別にこれは仕事ではないのだが、リルの中では違うのだろう。

三人は建物に関する話をしながらお風呂に向かった。

案内されたお風呂の広さに、リルは驚いた。それになにか嗅いだことのあるような匂いがする。

「温泉？」

そうだ『みちるちゃん』の記憶にあった温泉だ、とリルは手を叩《たた》いた。

「よくわかったわね？　入ったことあるの？」

ロザリンの言葉にリルは首を振る。そして『みちるちゃん』がと呟《つぶや》いた。例の守護霊かと、ロザリンは感心した。同時にリルに守護霊が憑いていてくれて良かったと思う。ロザリンが捨てられて、ここの聖騎士に保護された時は一人ぼっちだったからだ。

「じゃあ一緒に入ろうか！　綺麗にしましょう！」

リルは二人にお風呂の使い方を説明されながら、人生初めてのお風呂に挑戦する覚悟を決めていた。今までは濡れた布で体を拭くことしかしたことがなかったのだ。身だしなみは大事だと『みちるちゃん』も言っている。

リルは二人に念入りに体を洗われた。くすんだ肌が白くなり、ビックリした。髪も念入りに洗われて、とても清々《すがすが》しい気持ちになった。

「髪が長すぎますね、先に少し切りますか？」

グロリアがリルの髪をすくい上げて言う。

リルは生まれてから一度も髪を切ったことがない。その髪は足元まで届いていた。歩きにくいなと思っていたのでお願いして切ってもらうことにした。

腰ほどの長さまで切ってもらって、頭が軽くなったのを感じた。今ならどこまでも飛んでいけそうだ。

「リルちゃん、綺麗な髪の色ね」

ロザリンがリルの光沢のある銀髪を褒める。先程までは泥のような色だったのだ。あまりの変化にリル自身も驚いていた。

体を洗うと浴槽に入る。それはとても気持ちがいいものだった。お風呂は心の洗濯だと『みちるちゃん』も言っている。リルは生まれ変わったような気持ちになった。

お風呂からあがると服を渡された。これは誰の服だろうとリルが思っていると、保護した子供用の服だと言われた。少し大きめのそれはシンプルだが動きやすかった。

「さあ髪を乾かしましょう」

ロザリンが何か手の平サイズの筒のような物を持ってくる。ロザリンがそれに何かすると、温かい風が筒から吹き出した。ドライヤーだ！　と『みちるちゃん』が言う。驚いている様子のリルにグロリアが説明してくれる。

「これは魔道具の温風機ですよ。魔力を込めるだけで温風が出るんです」

魔道具！　ファンタジーだ！　『みちるちゃん』は大喜びだ。リルは魔力とはなんだろうと思って聞いた。

「魔力は誰でも持ってるもので、魔法を使う時に使うんですよ」

リルは自分も魔力を持っているのだろうかとワクワクした。いつか魔法を勉強できるだろうか。目指せ最強の魔法使い、と『みちるちゃん』も言っている。

髪を乾かし終わるとロザリンが鏡の前に案内した。リルは鏡を初めて見た。そこにいたのは銀色の髪に青い瞳の小さな女の子だった。これが自分かとリルは感動した。二人は可愛くなったと褒めてくれる。

そのまま二人と手を繋《つな》いで、イアンの所に向かった。

「団長！　戻りました！」

ロザリンの元気な声に、イアンは振り向くと絶句した。リルが別人になっているように見えたからだ。

「どうです団長！　綺麗になったでしょう?」

「ああ、見違えたな」

イアンはリルの頭を撫でる。リルは嬉しそうに笑った。綺麗になったリルはかなりの美少女だった。双子の姉が聖女に選ばれたと言っていたが、この容姿ならそれも道理だろうと思う。しかも今のリルは痩せている。健康になったらどれほど人目を引くだろうか。イアンは未来が少し恐ろしくなった。

「そうだ、リル。外に行こう」

唐突なイアンの発言に、リルは不思議そうな顔をする。それに笑って頭を撫でてやると言った。

「リス達が様子を見に来てくれているぞ」

リス達はリルを助けてくれた恩人で大切な友達だ。様子を見に来てくれたことが嬉しかった。リルは駆け足で外に向かう。

扉を開けると、リルは裸足《はだし》のまま外に駆け出した。キョロキョロと辺りを見回すと、森との境界の近くに沢山の神獣達がいた。リルはみんなのもとに飛び込んだ。

「みんな助けてくれてありがとう！」

『大丈夫？』

『平気？』

リス達が口々に話しかけてくる。

『うわーん！　よかったよ、元気になって。もう死んじゃうかと思ったんだよ！』

キツネとタヌキがリルの足に顔をこすりつけて無事を喜ぶ。ウサギとネズミもリルの顔色を確かめているようだった。

「大丈夫だよ、みんなのおかげだね」

『良かった』

みんな泣きそうな顔をしていて、リルは心配をかけてしまったことを後悔した。

その時森の奥からクマが顔を出す。その手には大量の果物があった。

『ああ、無事でよかったわ。これ、食べてちょうだい』

「いいの？　みんなの食料でしょう？」

『みんなで集めてきたのよ。貰《もら》ってちょうだい。きっと食べたら元気になるわ』

リルはみんなの優しさが嬉しかった。ありがたく果物を貰うと、小さな実を一つ口の中に入れる。

甘酸っぱくてとても心が温かくなった。

「そうだ！　私の名前、リルになったんだよ！　ちょっとリスさん達に似てるよね」

『似てるね』

『仲間？』

みんなを順番に撫でながら、リルは楽しく会話する。

その光景を、イアン達は驚き半分感心半分で見守っていた。

「団長、『通訳者』って凄《すご》いんですね。ここまでとは思っていませんでした」

「初代国王陛下もあんな風に神獣達との契約を成し遂げたのでしょうか？」

ロザリンもグロリアも歴史の一ページに立ち会っているような気分になっていた。

そうしている間にも、リルはどんどん神獣達に埋もれていく。

『みんな挨拶に来るってさ』

『順番』

タヌキとリスがリルに告げた。

「そっか、じゃあ毎朝ここに来るね」

リルは友達になった神獣達とまた会えると知って嬉しかった。

リス達と存分に戯れると、リルはイアン達のもとに戻った。そしてリス達との会話を報告する。

賢いリルはちゃんとみんなに森に異常がないかを聞いていたのだ。

報告を聞いてイアン達は感心した。偉いぞと頭を撫でる手はどこまでも優しい。リルは役に立てた喜びに有頂天になった。

「明日も他の子達が挨拶に来てくれるの！」

そう言うと喜びのあまり飛び跳ねてしまった。それはとても子供らしい仕草で、イアン達は安堵する。子供は子供らしくが一番だ。早く心を許して甘えられるようになって欲しいと、みんな思っていた。

リルが拠点に入ろうとすると、足が泥だらけになっていることに気がつく。昨日は雨が降っていたのだから、当然だった。リルは折角綺麗にしてもらったのにと泣きそうになってしまう。怒られるかなと思ってイアンを見るとイアンは笑って言った。

「ロザリンにタオルを持ってきてもらっているから、大丈夫だよ」

そしてイアンはリルに手を伸ばすと抱き上げる。折よくタオルを手に戻ってきたロザリンがリルの足を拭いてくれた。


さて、次はリルに拠点の常駐騎士達を紹介しなければならない。

ここに常駐している騎士達は少ない。基本神獣の様子を観察して異常がないか見張るだけだからだ。有事の際は本部に連絡して応援を呼ぶ。この拠点の常駐騎士達はイアンを入れて六名。リルに紹介していない聖騎士は三名だ。

リルはイアンに抱かれながら拠点の中を進む。途中でロザリンが拠点のことを説明してくれるのを頑張って覚える。

そして拠点を通ってやって来た広場のような庭で、三人の騎士に出会ったのだった。

イアンが呼ぶと騎士達は集合する。リルは緊張しながら、イアンに抱き上げられたまま挨拶をした。

「リルです、今日からここで働くことになりました。よろしくおにぇがいします！」

緊張しすぎて少し噛んでしまったのが恥ずかしかったが、イアンが頭を撫でてくれたので及第点だろう。リルは無理やり自分を納得させた。

「俺はヘイデン・クーパー、副団長な。よろしくリル」

騎士というには軽そうな男がリルに手を伸ばす。雑に頭を撫でられてリルは目を白黒させた。乱れた髪をロザリンが直してくれる。

イアンは呆《あき》れた様子でヘイデンを見ていた。

「私はマーティン・バトラーと申します。歓迎しますよ。小さな新人さん」

彼はこの中で一番歳をとっているように見えた。イケおじだ！　と『みちるちゃん』が興奮している。

「メイナード・ファイファーだよ。よろしくね」

最後の若いお兄さんは少し屈《かが》んで目線を合わせて挨拶してくれた。小さなリルに合わせたのだろう。その優しさが嬉しかった。

リルは何度も心の中で名前を復唱した。しっかり記憶しなくては失礼だと頑張っていた。

騎士達のリルを見る目はどこまでも温かい。彼らは今まで何人もの捨て子を保護していたので、子供は守る対象だと強く思っている。

捨て子を拾うことが多い関係上、ここには優秀な若手や女性が多く配属されているから、リルにはいい環境かもしれない。そうイアンは思っていた。

午後になると、王宮からリルを継続して保護するように通達が来た。イアンは安堵する。そして王宮の方からリルのスキル判定のために人を寄越《よこ》してくれるらしい。至れり尽くせりだ。

イアンはロザリンを呼んで、取り急ぎ必要なリルの日用品を揃《そろ》えるように命じた。リルは今日、拠点の外も裸足で歩いていたから気になっていたのだ。早急に靴を買わないと怪我をするかもしれない。

ロザリンはリルを呼んでサイズを測り始めた。六歳だと聞いていたが、リルは一般的な六歳児よりかなり小さい。それなのに子供のように泣くこともなければ、わがままも言わないのだ。それがとても悲しく感じられた。

リル本人は我慢しているというより、前世の記憶のおかげで精神年齢が少し上がっているだけなのだが、誰もそれを知らなかった。

飛びっきり可愛い靴と服を買ってこよう。お菓子も忘れないようにしなければとロザリンは決意した。

朝から挨拶などをして、リルは今朝食兼昼食を摂《と》っていた。聖騎士達は普段から、起きてからすぐ雑事を済ませこのくらいの時間に食事を摂るらしい。そして夕食と、食事は一日二回だ。

リルは昨日に続き、美味しい食事に大満足していた。今朝のスープは新鮮な野菜とソーセージがたっぷり入っていた。あんまり美味しいので作った人にお礼を言いたいと言ったら、まだ来ていないらしい。

料理人は街から午後にここにやって来て、夕食と朝食を作って帰っていくようだ。ついでに掃除と洗濯もしてくれると聞いてリルは驚いた。万能のお手伝いさんだ。

食事の後は、騎士達のほとんどが森に巡回に行くらしい。リルは今日はイアンとお留守番だった。馬に乗った騎士達を手を振って見送る。

ロザリンだけがリルの日用品を揃えるために、街に向かって駆け出していった。

リルは靴が届くまでの間ずっとイアンに抱き上げられている。裸足で外を歩くのは危ないからと、その優しさがリルはとても嬉しかった。

「私は今日は何をすればいいですか？」

イアンに運ばれながらリルは聞いた。リルの仕事はルイスの通訳をして森に異変がないかを聞くことだ。今日はルイスが森に行かないのでそれができない。ならばどうしたらいいのだろう。

「そうだな、リルは朝リス達に森に異常はないかを聞いてくれただろう？　あれでお仕事はおしまいでいい。ここで一番大切な仕事は神獣様達の住処を守ることだからな。何もなければそれでいいんだ」

リルはそれだけでいいのだろうかと考えた。リルの葛藤を悟ったイアンは、リルに提案する。

「残りの時間は勉強をしようか。今日はまだ急なことで教科書が揃っていないから、この国のことを教えてやろう」

勉強、それはとても大切なことだと『みちるちゃん』が言っている。リルのような子供は勉強が仕事のようなものだと。リルはイアンの提案を了承することにした。勉強をすれば今は役に立たなくても、将来みんなに恩返しができるかもしれない。リルはそう考えた。

「はい、勉強頑張ります！」

リルは両手の拳を握りしめて気合を入れた。その様子をイアンは微笑ましく感じていた。

何を教えてやろうか、イアンがそう考えていたその時だった。

来客を知らせるベルが鳴り、イアンは嫌な予感がした。

きびすを返して玄関に戻ると、嫌な予感が的中していたことを知る。

「何をしているんですか、兄上」

そこにはイアンとよく似ているが、煌《きら》びやかな衣装を纏った男が立っていた。男は芝居がかった口調で言う。

「何って、可愛い弟に会いに来たに決まってるじゃないか」

男はイアンと同じように白銀の巨大な狼を連れていた。ルイスがその狼に近づき話し出す。

『久しぶりだなマーリン』

『ええそうね、イアンが騎士団長になって以来かしら』

狼達は積もる話があるようで、楽しそうに会話している。

イアンは頭を抱えていた。状況を飲み込めないリルは目を白黒させている。

「その子が『通訳者』かい？　初めまして、僕はリヴィアン・ウィルソン。こっちが守役のマーリンだよ。よろしくね」

「リルです、よろしくお願いします」

差し出された手を握って握手を交わす。イアンの兄らしいこの人は、悪い人ではなさそうだった。

「早速だけど、リルのスキル判定をさせて欲しいんだ。もし本当に『通訳者』なら王族の庇護《ひご》下に入るからね」

「待ってください兄上。リルはまだこの国のことを何も知りません」

イアンはリルを政治的な事情にあまり巻き込みたくないと考えている。こんなに早く、リルの未来を勝手に決めてしまいたくなかったのだ。

「相変わらず甘いねイアン。この国にとって『通訳者』がどれだけの意味を持つかわかっていない。リルを守るためには必要な措置だよ」

リルは会話の意味はよくわからなかったが、イアンが自分のために怒ってくれているのはわかった。

「あの、イアンさん。大丈夫です。私ちゃんとスキル判定します」

それを聞いたリヴィアンは優しく笑う。

「リルの方がイアンより大人じゃないか。大丈夫、悪いようにはしないよ」

イアンは苦虫を噛み潰したような顔をしていた。リヴィアンは弟の甘さに仕方ないなと笑う。優しい子なのだ昔から、と。


場所を客間に移し、リルのスキルを判定する。出てきた結果は想定通り『通訳者』であった。

リヴィアンは頷くと、リルに言った。

「リルはお姫様になりたくないかい？」

その言葉にイアンは怒った。

「兄上、リルは賢いです。ちゃんと話せば理解します。丸め込むのはやめてください」

イアンはリルに向き直ると説明する。

「リル、この国にとって『通訳者』は宝だ。それは初代国王が持っていたスキルだからだ。初代国王は近隣に住まう神獣様達と約束をした。神獣様達の住処を人間から守る代わりに、この国の人間を襲わないこと。神獣様と話せるリルは、神獣様と共に暮らすこの国の人にとって大切な存在なんだ。ここまではわかったか？」

リルは考えた。要するに神獣と喋れると、人と神獣が喧嘩《けんか》してしまっても止めることができるということだ。話し合いができるのは大切なことだと『みちるちゃん』も言っている。リルは頷いた。

「リルの力を欲しがる人は沢山いる。だから王様がリルのことを守るために、リルには王族の子供になって欲しいと言っているんだ」

権力闘争の駒にさせないためだねと『みちるちゃん』が言っている。

でもリルは別のことが気になった。

「……ここにいたらダメなんですか？」

この場所はリルにとって特別な場所だ。友達だって沢山できた。離れたくないと思う。リルは別の場所で暮らすのが怖かった。

「ここにいてもいいよ？」

リヴィアンが当然のように言う。

「だって、イアンの子供になればいいんだから」

リルは大混乱していた。王様の子供になるのではなかったのだろうか。ポカンとしているリルにリヴィアンは言った。

「あれ？　もしかして言ってないの？　イアンはこの国の第三王子だよ」

リルは絶句した。イアンが王子様だったなんて思いもしなかったのだから当然である。リヴィアンが大きなため息をついた。

「全くイアンは、貴族の面倒事が嫌いなのはわかるけど、ちゃんと王子だって名乗らなきゃ。その肩書きは君を守るためのものでもあるんだよ？」

駄々っ子を見るような目でイアンを見たリヴィアンは、再びため息をつく。

「とにかくリル、イアンの養子になってここにいるのと、僕か他の誰かの養子になってお城で暮らすのとどっちがいい？」

リルの答えは決まっている。

「私、ここにいたいです！」

リルはイアンの方を見た。養子になったら迷惑だろうかと不安がっているのが顔に出ている。イアンも覚悟を決めた。

「リル、俺の娘になるか？」

「はい！」

リルは泣いてしまいそうだった、優しい家族ができるのだ。顔も覚えていない本当の父とは違う。リルが本当に欲しかった優しい父が。

その様子をリヴィアンは微笑ましげに眺めていた。逃げ癖のある弟のために、面倒事はこちらで引き受けてやるかと思うくらいには感動的な光景だったのだ。

「それじゃあリル、今日からリル・ウィルソンと名乗るんだ。本物のお姫様だからね。嫌な奴《やつ》が近づいてきたら無視していい。それができる身分なのだから」

リルは差し出された書類にイアンと一緒に名前を書いた。

なんとも慌ただしいが、二人は親子になったのである。

リルが家族ができた喜びを噛み締めていると、リヴィアンが言った。

「ちょっと弟とお話ししたいから、ルイス達の所に行っていてくれるかい？」

リルは頷くとルイスのもとに向かった。この喜びを誰かに伝えたかったリルは、バタバタと廊下を走っていった。

イアンはリルを一人にするのが心配だったが、リヴィアンと話をしなければならない。怪我をしないようにと祈るしかなかった。

「リル、いい子だね。それに賢い。地下に閉じ込められていたとは思えないよ」

リヴィアンは手を付けずにいたお茶を飲むと切り出した。

「おそらく守護霊のお陰でしょう。力はありませんが、よく話しかけてくれる守護霊のようです」

「守護霊がいてくれて良かったね。そうじゃないと心が壊れていたかもしれない」

二人はしみじみ思った。実際リルの心を守っていたのは、前世の『みちるちゃん』の記憶なのだからそれは正しい。守護霊ではないというだけだった。

「リルの双子の姉はレイズ王国の聖女に選ばれたと言っていたね。調べたらどうやら本当のようだ。リルは生まれた家の名前を知らなかったから、調べるのに苦労したよ。隣国の聖女は銀髪で青い目のミレイユ・アダムス侯爵令嬢だ」

リルが侯爵家の生まれだと知ってイアンは驚いた。それほど家格が高いならもっとまともな扱いができなかったのかと憤慨する。

「イアンは隣国の聖女の選定基準を知っているかい？　国に役立つスキルを持った身分の高い令嬢だそうだよ。聖女のスキルは『真実の目』、嘘《うそ》を見抜くスキルだ」

姉妹揃ってとんでもないスキルを持っている。姉のスキルが有用だったからこそ、リルは要らないとされたのだろうとイアンは複雑な気持ちになった。

「恐らくリルは一卵性双生児だろう。あまり人目に晒《さら》さない方がいい。隣国の聖女と同じ顔だとバレたら問題だ。王宮へは連れていかない方がいいと思って、僕がここに来たんだ」

イアンは兄の機転に感謝した。おそらく最初から、どうあってもリルをイアンの養子にするつもりだったのだろう。イアンの養子で『通訳者』なら、ここに住まわせても違和感はない。

「聖女のことはもう少し調べてみるよ。可能なら顔を確かめてくる。二卵生双生児なら表に出しても問題はないからね」

リヴィアンは優秀だった。連絡を貰ってすぐにここまで調べあげ、最善の選択をしたのだ。

「助かります、兄上。俺はここでリルを守ります」

「全く、社交も結婚も投げ出して逃げるように聖騎士になったんだから、それくらいの働きはしてもらわないと。今日からパパなんだからね、ちゃんとわかってる？」

イアンは不安そうな顔をしている。リヴィアンはそんな弟を見て笑った。

「まあ、ゆっくり慣れていけばいいさ、時間はたっぷりあるんだから」


一方リルはルイスとマーリンに『リル・ウィルソン』となったことを報告していた。家族ができたのだと嬉しそうにはしゃぐその姿に二匹は一緒に喜んだ。

『王家の子になるならリルにも守役が必要かしら？』

マーリンがそう言うが、リルにはよくわからなかった。

『守役は我々銀狼族と初代国王との盟約だ。王家に子が生まれると、銀狼族から守役がつけられるのだ』

ルイスの説明はとてもわかりやすかった。本来は王にならない第三王子の子には守役はつけられないが、リルは『通訳者』だから特別だ。マーリンは族長に相談して守役をつけた方がいいと思っていた。

「私も狼さんと一緒にいられるの？」

リルは嬉しそうだ。早速族長に相談しようとマーリンは決めた。

ルイスとマーリンの間に挟まって毛並みを撫でながら楽しくおしゃべりしていると、イアンとリヴィアンがやってきた。どうやらお話は終わったらしいとリルは駆けてゆく。イアンの足に飛びつくと嬉しそうに笑った。イアンはリルを抱き上げる。

「ルイス達とお話ししてたのか？」

「はい！　守役について教えてもらいました！」

リルは元気一杯に答える。

「リル、もうイアンはパパなんだから敬語は要らないと思うよ」

確かに『みちるちゃん』の記憶では家族に敬語なんて使っていない。リルは窺うようにイアンを見た。

「そうだな、普通に話してくれていいぞ」

リルは嬉しかった。だから満面の笑みで答えた。

「うん、お父さん！」

イアンは心臓を撃ち抜かれるような思いだった。リヴィアンはそんな二人を見て、思っていたよりうまくやっていけそうだと安堵する。

「じゃあリル、伯父さんは帰るよ。あ、今度からはリヴィ伯父さんって呼んでくれていいからね」

リヴィアンは名残惜しそうに帰っていく。

「バイバイ！　リヴィ伯父さん、マーリン」

リルは二人が見えなくなるまで手を振り続けた。


リヴィアンが帰ったすぐ後のことだった。ロザリンが買い物から戻ってきた。その馬上には一人の女性が一緒に乗っていた。

リルはイアンに抱かれながら二人に近づく。

「ミレナも一緒に来たのか」

ミレナと呼ばれた女性はイアンに気づくとおっとりとした口調で言う。

「あら、団長さんこんにちは。その子が小さな団員さんかしら」

「ああそうだ。さっき正式に養子縁組の手続きをしたから俺の娘になった」

ロザリンが驚いて馬の手綱を落としてしまった。

「ちょっと、いつの間にそんなことになったんですか!?」

「さっき兄上が来てな……」

ロザリンは開いた口が塞がらなかった。

「そうなの、それじゃあ今日はお祝いね。私はミレナよ。よろしくね」

「リル・ウィルソンです。よろしくお願いします！」

穏やかなミレナにリルは元気に挨拶を返す。リルはきっとこの人が美味しいご飯を作ってくれたのだと思っていた。

「私はご飯を作るお仕事をしてるのよ。今日はご馳走だから楽しみにしててね」

やっぱりそうだったとリルはご飯のお礼を言った。どれほど料理が美味しかったか一生懸命説明する。

ミレナはあらあらありがとう、とリルの頭を撫でた。

イアンはリルの子供らしい態度に心が温かくなった。

「そうだリルちゃん。お洋服もお菓子も沢山買ってきたのよ。早く中に入りましょう」

ロザリンは大はしゃぎでイアンの背を押して拠点の中に入ってゆく。ミレナは先に洗濯をするため洗い場に向かった。

「見てください団長！　私が選びに選んだ最高の洋服達を！」

ロザリンは買ってきたものをリルによく見えるように並べ始めた。

それは可愛らしいものばかりで、リルはワクワクした。

「これ全部、私が着ていいの？」

「そうだぞ、お金はお父さんが出すから心配するな」

イアンは少し不安そうにしているリルの頭を撫でる。

甘えるのも子供の仕事のうちだと『みちるちゃん』が言っている。リルは気兼ねなく受け取ることにした。

「ありがとう、お父さん、ロザリンさん」

それからリルのファッションショーが始まった。リルは生まれて初めて靴を履いてちょっと窮屈な気分になったが、下を向く度可愛い靴が目に入るのが嬉しかった。ロザリンが次々と着替えさせるため、全部試着する頃には疲れ切ってしまっていた。

苦笑したイアンはお茶を入れてチョコレートを並べる。リルに休憩を促すと、椅子に座らせた。

リルはチョコレートに興味津々だった。『みちるちゃん』の記憶で、これはとても美味しいものだと知っている。恐る恐る口に入れると、口の中に濃厚な甘みが広がった。リルは生まれて初めて食べたチョコレートに感動して次々に五つも食べてしまった。

満足してイアンの方を見ると、イアンがルイスにチョコレートをあげていた。狼にチョコレートは毒だと『みちるちゃん』が叫んでいる。リルは慌ててイアンを止めた。

『私は神獣だから食べられないものなどほとんどないぞ。心配するな』

ルイスの言葉にリルは安堵した。

「『みちるちゃん』は物知りなんだな。普通の狼がチョコレートを食べられないとは知らなかった」

イアンの中で『みちるちゃん』の評価はかなり高かった。さぞ高名な人物だったのだろうと思っている。実際はごく普通の異世界人であった。


そうこうしている内に、森を巡回していた騎士達も戻ってきた。

ロザリンの買った水色のワンピースで出迎えたら、可愛いとみんなが褒めてくれた。

ヘイデンに持ち上げられてグルグルと回されたリルは驚いたが、なぜだかとっても楽しいと感じた。

正式にイアンの娘になったことを伝えると、みんな驚きつつもお祝いしてくれる。リルはくすぐったい気持ちだった。

食堂に行くと、ミレナが豪華な料理を作ってくれていた。全員が歓声をあげる。

ミレナはいつも夕食と朝食の支度をしたら帰るらしいが、今日はお願いして残ってもらった。みんなにお祝いして欲しいというリルのわがままだったが、ミレナは快く受け入れてくれた。

ヘイデンがグラスをかまえる。乾杯は副団長がするようだ。今日は団長であるイアンも主役だからだ。

「それでは、団長とリルの養子縁組とリルの入団を祝ってカンパーイ！」

みんな乾杯すると一気にグラスの中身を飲み干した。リルも真似《まね》しようとしたが、イアンに止められる。別に飲み干すのがマナーな訳ではないらしい。お酒はああして飲むのがいいだけのようだ。

リルはご馳走に目を輝かせてどれから食べようか悩んでいた。するとイケおじのマーティンとミレナが色んな料理を少しずつ皿に盛ってくれた。

リルは沢山食べた。すぐにお腹いっぱいになってしまって残念だったが、とても幸せな時間だった。みんなはまだお酒も料理も足りないようで宴会は続いている。リルはルイスにテーブルの上の料理を食べさせてあげた。

『うん、噛む度肉汁が溢《あふ》れるのにこのサッパリとした後味。なかなかの腕だな』

一種類ごとに真面目に料理の感想を言ってくれるのが面白く、つい全種類食べさせてしまった。

ミレナにルイスの感想を伝えると、神獣様に褒められるなんて光栄だと喜んでいた。

イアンだけは今日はお酒は飲まずにリルの様子を窺っていたが、終始楽しそうにしていて安堵した。長く続く宴会は終わりを知らず、途中でイアンがミレナを馬で街に送っていった。

イアンが戻ると、リルはルイスを枕に眠っていた。イアンはそのままルイスの上に乗せて部屋まで連れていこうとした。するとリルが突然勢い良く起き上がった。そしてイアンを見てこう言ったのだ。

「良かった、夢じゃなかった」

リルの目は涙で濡れていた。イアンはその痛ましい様子に悲しくなった。

「大丈夫だ、夢じゃないよ」

頭を優しく撫でるとリルは落ち着いたようだ。

「一緒に寝るか？」

イアンは自分でも驚くほど自然にそう言っていた。

リルは嬉しそうに笑った。

「一緒に寝てくれる？　お父さん」

今日親子になったばかりなのに、もう父性が芽生えたように感じられてイアンは少し笑ってしまった。こんな生活も悪くないと、確かにそう思ったのだった。

『私も一緒に寝てやろう』

ルイスがそう言ったらしいので、今日は三人で眠ることになった。

願わくはリルが昔を思い出さなくて済むようにと、イアンは祈った。

◇◇◇

朝起きると、リルはイアンが隣にいないことに気がついた。昨日はイアンとルイスに挟まれて

眠ったはずだ。リルは眠っているルイスの毛をモフモフしながら考える。すると庭の方から何やら打ち合うような音がした。そういえば朝は騎士の訓練もあると聞いたような気がする。

リルは慌てて服を着替えると顔を洗い、起き出したルイスと共に庭に向かった。そこでは騎士達が木刀で打ち合っていた。リルに気づいたイアンはおはようと声をかける。リルは元気に挨拶した。イアンはリルを抱き上げる。リルはイアンの腕の中から訓練を見学した。みんなとてもカッコイイと思う。

その時だった、拠点の上空を何かが横切る。見上げると大きな緑色のドラゴンが飛んでいた。イアン達は緊張したが、リルはワクワクした。ドラゴンを見たのは初めてで、大きくてカッコイイなと思っていた。

ドラゴンは拠点の入口付近に降り立った。全員急いで玄関へと向かう。いくら森を守護する騎士だとしても、こんなことは初めてだった。

ドラゴンは玄関前で大人しく座っていた。その横には銀狼までいる。

『ここに『通訳者』はいるか？』

ドラゴンの言葉にリルは返事をした。イアンはリルを地面に下ろしてやる。

『私は森の奥深くに住むドラゴンだ。『通訳者』が現れたと聞いて挨拶に参った。ついでに銀狼族から『通訳者』の守役も預かっている』

「初めまして、リルと申します。挨拶に来てくれてありがとうございます」

リルは挨拶すると、銀狼の方を見た。

「あなたが私の守役になってくれるの？」

銀狼はシッポをブンブン振って答える。

『初めましてリル、今日からよろしくね』

リルは大喜びで銀狼を撫でる。これからずっと一緒にいるお友達だ。仲良くしようと思った。

『ふむ、相性は悪くなさそうだな。本人も悪《あ》しきものではなさそうで安心した。挨拶も済んだし私はそろそろ帰ろう』

「もう帰っちゃうんですか？」

リルはドラゴンともう少しお話ししたかった。

『あまり人間の住処に長くいるのも良くないからな。たまには会いに来よう』

「はい！　絶対来てくださいね」

リルはドラゴンの鱗《うろこ》を撫でた。ツルツルして気持ちが良かった。

ドラゴンは空へ飛び立つ。なんてカッコイイのだろうと思った。

「リル、用件は何だったんだ？」

イアンが聞くとリルは挨拶と守役を送ってくれただけだと答えた。イアンは安堵した。ドラゴンが敵に回ったら勝ち目などないのである。

ルイスはリルの守役に近づく。

『随分若い者が来たな。リルの年齢に合わせたのか？』

『はい、族長が若い方がいいだろうと』

『そうか……リル、こいつに名前を付けてやれ』

リルは驚いた。銀狼族には名前がないのだろうか。

銀狼が期待に満ちた目でリルを見ている。その目は綺麗な琥珀色《こはくいろ》だった。

「じゃあ琥珀！　琥珀はどう？」

銀狼はシッポを振って喜んだ。リルはみんなに琥珀を紹介した。

また新しいお友達が増えて、リルは有頂天だった。

リルとルイスは琥珀に拠点を案内しながら、先程の会話で気になったことを聞いてみる。

「ねえ、琥珀は若いって言ってたけど、銀狼族はどれくらい生きるの？」

『そうだな、大体三百年くらいか？　私は二百年近く生きているし、族長など三百年以上生きてるな』

『私はまだ四十歳くらいよ』

リルはとても驚いた。神獣はみんな長生きなのかもしれない。

「リスさん達はどれくらい？」

『彼らは確か百年くらいだったと思うわ』

百年！　リルもそれくらい生きられるだろうかと考える。難しいかもしれない。

「ドラゴンさんは？」

『彼らは特別だ、数千年は生きるぞ！　先程のドラゴンは建国王と契約を交わした本人だからな』

そんなに凄いドラゴンさんだったのかとリルは今更ながら緊張した。失礼なことはなかったか考える。きっと大丈夫だと信じたい。

『順番を考えるなら明日は銀狼族が挨拶に来るのではないか？』

『はい、みんなそのつもりのようですよ』

「本当に？　嬉しいな！　順番はどうやって決めるの？」

一番最初がドラゴンだったから、偉い順だろうか？

『強いて言うなら縄張りが広い順かしらね。銀狼族は森の全体を見回ってるから』

森のパトロールが銀狼達の仕事のようだ。

リルは琥珀達と色々なことを話した。

リルの生い立ちを語っていると、ルイスがあることに気づく。

『リルの友達だったというネズミは神獣ではないか？』

リルにとっては寝耳に水な話だった。

『そういえば『通訳者』は普通の動物とは話せないものね』

確かに、騎士達の連れている馬とは話せなかったとリルは思い返す。

『人間の住まう土地に住むとは、変わり者の神獣だったのだな』

マロンは元気にしているだろうか。

挨拶もせずにいなくなってしまったから、きっと心配しているだろう。

リルはマロンが恋しくなった。

沈んでしまったリルに気づいた琥珀達が体を擦《こす》り付けて慰める。リルはマロンが元気でやっていることを祈ったのだった。


午後になると、イアンとルイスも森の巡回に行ってしまった。

今日のお留守番は副団長のヘイデンである。

「リル、団長達が戻るまで遊ぼうぜ！」

遊んでいいのだろうか？　リルは心配になった。

「いいのいいの、居残り組は半日休暇みたいなもんだから」

ヘイデンはそう言うとリルを持ち上げ、肩に乗せた。リルは視界が急に高くなって楽しかった。

そして庭に出る。倉庫のような場所から木の板と羽根のような物を取り出した。羽根突きだ！

と『みちるちゃん』が言った。

「これを地面に落ちないように打ち合って遊ぶんだけど、わかるか？」

リルは頷いた。こんな風に遊ぶのは生まれて初めてだ。上手《うま》くできるか心配だった。

ヘイデンが軽く羽根を打つ。リルは予想に反して綺麗に羽根を打ち返すことができた。

「お、上手いな！　いいぞリル、その調子だ」

しばらく打ち合うと、リルは体力の限界になってしまった。

「おし、次は琥珀の番だな！」

そう言うと、ヘイデンは円盤のようなものを持ってくる。フライングディスクだ！　と『みちるちゃん』が言った。

ヘイデンは思いっきりフライングディスクを投げた。琥珀は走って追いかけて、空中でフライングディスクをキャッチする。

リルは思わず拍手していた。

次はフライングディスク投げに挑戦してみる。

あまり遠くへ飛ばすことはできなかったが、結構楽しいと思った。

琥珀もシッポを振って喜んでいる。

遊び疲れたリルは途中で眠ってしまった。

ヘイデンは眠ってしまったリルを抱えるとベッドに連れていく。

疲れきったリルが目を覚ましたのは夕食の時間だった。ヘイデンが起こしに来てくれて、また肩車をされて食堂に向かう。

ヘイデンはリルに早く体力がつけばいいと、ミレナに肉料理と野菜たっぷりのスープをリクエストしていた。

リルが美味しそうに食べている様子を見て安堵する。

リルが食べ終わると頭を撫でて褒めていた。

「沢山食べたらきっと早く大きくなるぞ」

ヘイデンの言葉にリルは嬉しくなった。美味しいご飯をお腹いっぱい食べられて大きくなれるなら、こんなに嬉しいことはない。

◇◇◇

拠点に来て四日目の朝、宣言通り銀狼達が挨拶に来てくれた。三十四ほどの銀狼に驚いてしまったが、これでも数を絞ったらしかった。

「初めまして、リルです」

『初めまして、守役は気に入ったかな?』

一番偉そうな狼が聞いてくる。

「はい！　琥珀を紹介してくれてありがとうございます！」

『名は琥珀にしたのか、良い名じゃな』

琥珀は誇らしげな顔をしていた。

リルは少しの間、銀狼達と走り回って遊んだ。逃げる銀狼達を捕まえては毛皮をモフモフする遊びだ。

銀狼達は大きくてフカフカだった。リルの足に合わせてみんなゆっくり走ってくれて、リルは沢山毛並みを堪能することができた。

遊んでいたらあっという間に時間が過ぎてしまう。銀狼達はまた来ると約束して帰っていった。

リルは今日も森に異常はないとイアンに報告する。ちゃんと仕事を忘れなかったのだ。


朝食を摂った後、リルはイアンに呼び止められた。

「リル、今日は勉強をしよう。一昨日《おととい》兄上が教科書をくれたからな」

イアンはリヴィアンにリルの知識量を調べるように言われていた。それに応じて必要なら教師を斡旋《あっせん》してくれるらしい。

団員達には今日も自分不在で森の見回りに行ってもらうことになるが、リルのことが最優先事項だった。

リルは琥珀も一緒に勉強しよう、と楽しそうだ。

イアンは教科書を開いてどこまでわかるか聞いてみる。歴史や他国のことになると全滅だった。

驚いたのは数学だ。まず足し算引き算の速さに驚いた。さらには掛け算割り算も当たり前のように暗算でできた。それらは全て『みちるちゃん』に教わったらしい。これなら数学を勉強する必要はないだろう。

リルをなるべく人目に晒さないためにも教師を付けない方がいいのではないだろうか。国のことなら自分でも教えられる。イアンは今後のリルの教育方針を考えた。リルは賢い、本を読ませるだけで自分で勉強もできるだろう。拠点待機の騎士に勉強を見てもらうのもいいだろう。ここに配属されるのは教養のあるエリートだ。一番若いグロリアでも十分な教養を備えている。

イアンはリルを膝の上に乗せて、この国の簡単な歴史の本を読んでやる。

古くから神獣と共に生きてきたこの国の歴史には神獣のことが多く含まれる。長生きなルイスが時折当時のことを語りだすので、イアンにとってもなかなか興味深い勉強会になった。

次に、隣国――レイズ王国のことを少し話して聞かせる。リルは生まれ故郷のことを何も知らないからだ。リルの反応を見ながら話し出すが、リルは国には別段思い入れがないらしく、普通に聞いていた。これなら勉強中に昔を思い出すこともなさそうだと安堵する。

レイズ王国に神獣はほとんどいないと言うと、驚いていた。昔結界が張られたことで魔物がいなくなり、みんなこちらの国に移住して来てしまったのだ。安全な方がいいよねとリルは納得していた。実際は魔物を倒すことが神獣に与えられた神からの役目であるからなのだが、リルはまだ知らなかった。

勉強していると、眠くなってしまったらしい。リルはまだ体が小さいから睡眠が多く必要なのだろう。

ベッドに運ぶと寝ぼけながら琥珀を撫で回していた。やがていい位置を見つけたらしく、琥珀を抱えたまま眠ってしまった。

イアンはルイスと共に団長室に戻ると、兄のもとに魔道具の鳥を飛ばす。教師は必要ないという知らせだ。

夕食時、リルは目を覚ました。外からとってもいい匂いがして、お腹が減ったことに気づく。急いで琥珀と食堂に向かった。

「リル、一人で起きられたのですね、偉いですね」

食堂ではグロリアが準備を手伝っていた。リルもお手伝いをする。

テーブルを綺麗に拭いて、みんなの分のお盆とフォークを並べる。

そこにグロリアとミレナが料理を置いた。準備ができたので鐘を鳴らす。

するとみんな集まってきた。

「リル、準備を手伝っていたのか？　偉いな」

イアンはベッドにいないリルのことを少しだけ捜していたが、食堂で見つけてホッとした。

「そういえば、リル。今日のお肉は銀狼達がくれたんだよ」

メイナードの言葉にリルは首を傾げた。

「森を見回ってたら銀狼達が来てね、獲物をくれたんだ。こんなことは初めてだよ」

銀狼達はリルがあまりに小さくて細いから心配になったのだった。だから獲物を分け与えてくれた。

銀狼達はリルが捨てられた子であることを知っている。その前にどういう扱いを受けていたかは察せられることだった。

リルは嬉しくて今度会えたらお礼を言おうと心に刻み込んだ。

銀狼達のくれたお肉は美味しかった。森の奥にしかいない魔物の肉らしく、とても珍しくて美味しいのだそうだ。騎士達もその味に感動していた。

琥珀は人間にとってはそんなに珍しい物なのかと不思議そうだったが、森の奥から拠点までの距離を考えれば確かにと思い直した。

リルは普段少食だが、銀狼達の優しさに報いようと一生懸命沢山食べた。

リルが普通の子供と同じぐらい食べられるようになるのは案外すぐかもしれない。

残ったお肉はベーコンとソーセージにしてくれるとミレナが言った。リルはとても楽しみだった。

◇◇◇

「お父さん、おはよう」

今日は早起きすることのできたリルは、イアンの部屋に駆け込んだ。折角だから目覚まし時計になろうと思ったのだ。

しかし、予想に反してイアンは起きていた。リルは少し膨れっ面になった。事情を聞いたイアンは大笑いする。リルはますます膨れっ面になった。

「悪かった、起こしに来てくれてありがとうな」

イアンはリルを抱え込むと玄関に向かった。

「今日も神獣様が挨拶に来てくれるんだろう？　今日はどんな神獣様かな？」

「そう、どんな子が来るか楽しみなの！」

機嫌を直したリルは、外にいるであろう神獣に思いを馳《は》せる。今日もフカフカな子達だといいなと思う。

イアンは入口の扉を開けた。そこには予想外の光景が広がっていた。

玄関前を覆い尽くすほどの神獣の大群がそこで日光浴をしていたのだ。

種類はざっと見る限り、ライオンにトラにヒョウと、ネコ科の神獣が勢揃いであった。リルは大興奮である。

二人に気づいたライオンがやって来る。

『お前が『通訳者』か、みんなで顔見せに来たぞ』

みんなこちらに気づいたようで、寛《くつろ》ぎながら顔を二人に向けている。なんだか自由な感じだ。

イアンはリルを下ろしてやった。

「初めまして、リルです。いっぱい来てくれたんだね」

『本当は今日は我々の番だったのだが、みな待ちきれないと付いてきてしまった。許してやってくれ』

ライオンはすまなそうに頭を下げた。

「大丈夫、みんなに会えて嬉しいよ」

リルはそう言うとトラやヒョウにも挨拶した。

「この国はトラさん達には寒くないの？」

リルが聞くと、みんな答えてくれた。

『我々は他所《よそ》から移住してきたのだ。確かに寒いが神獣だからな、多少の寒さは問題ない』

リルは納得した。

一緒に日光浴をしようと誘われたので、ヒョウ達の中に潜り込む。フカフカに囲まれて気持ちが良かった。

イアンはその光景を微笑ましげに見ていた。すると一匹のライオンがイアンの方にやって来た。

ライオンは大きなウサギのような魔物を咥えていた。そしてリルの方を見る。

「リルにプレゼントだろうか？」

ライオンは頷くと獲物を置いた。

「ありがとうございます、リルも喜びます」

イアンは美味しく食べられるようにと血抜きに向かった。

その間リルの面倒は神獣達に見てもらおう。琥珀だけでは不安があったのでルイスも置いて厨房《ちゅうぼう》に向かった。

リルはいつの間にか眠ってしまっていた。日光浴とヒョウ達の毛並みが想像以上に気持ちよかったからだ。リルは朝食の鐘の音で目を覚ました。ネコ科族もタイムリミットだと気づいたようで口々にまた遊びに来ると言って去ってゆく。

『リル、これをあげるわ』

一匹のトラが石を咥えて持ってくる。

『人間はこれが好きなのでしょう?』

それは赤い色をした綺麗な石だった。ありがとうとお礼を言うと、みんな並んで去ってゆく。手を振ってお別れすると、振り返る。イアンが待ってくれていた。

「お父さん、トラさんにプレゼントを貰ったの!」

リルは貰った石をイアンに見せた。

「これは凄い、大きなルビーの原石だな。職人が磨くともっと綺麗な宝石になるんだぞ」

リルは綺麗な物を貰えて嬉しかった。磨くともっと綺麗になると言うが、このまま持っておこうと思った。

「さっきライオンさんもお肉をプレゼントしてくれたぞ。夕食に出してもらおうな」

ライオンさんにはお礼を言っていなかった。次は必ずお礼を言おうとリルは決めた。

午後になると、みんな森の巡回に出かける。そういえば、ライオンさん達に森の様子を聞くのを忘れていたと、リルは気づいた。もうどうしようもないので、ルイスが帰ってきたら聞くことにした。

今日のお留守番はマーティンであった。

みんなを見送ってマーティンと拠点に戻る。

「リルは今日、予定はありますか？」

リルは首を横に振る。

「では、お茶に付き合ってくれますか？　お茶を入れるのが趣味なのです」

さすがイケおじ、お茶が趣味とは何だかカッコイイ。リルは一緒にお茶を飲むことにした。

「あれ？　お茶なのに甘い！」

マーティンの入れるお茶はとても美味しかった。聞けばマーティン自身がブレンドしたお茶なのだという。琥珀も気に入ったようだった。

美味しいお菓子をつまみながらお茶を飲む、なんて優雅な時間だろう。リルは心が落ち着くのを感じた。

マーティンは話し上手で退屈しない。リルはマーティンの話に夢中になった。今日一日でとても賢くなった気がして、マーティンは凄いと思う。

リルはお茶の入れ方も教えてもらった。今度お父さんに入れてあげよう。

「入れ方は覚えられましたか？」

リルは笑顔で頷く。

「それは良かった、私のスキルは『記憶』なのです。だから普通の人がどれくらいのことを覚えられるのかよくわかりません。忘れてしまったら何時《いつ》でも聞きに来てくださいね」

それはとても便利なスキルだ。リルは羨ましいと思った。

マーティンはその後絵を描いて見せてくれた。本物そっくりだった。どうやら記憶のスキルは色々なことに使えるらしい。スキルのことももっと勉強したいなとリルは思った。


その日の夜はお肉パーティーだった。巡回の時に銀狼達もまた獲物をくれたようだ。寒くなって来たのでお鍋にしてどんどん追加で肉を入れられるようにされていた。今日はミレナも一緒に食べている。ミレナは未亡人だ。だから一人で暮らしている。たまに騎士達と一緒に食事をとるのがミレナの楽しみであった。

一方リルもお鍋は楽しいと思っていた。みんなでワイワイとる食事はより美味しく感じられた。いくらでも食べられるような気がする。料理とは不思議なものだとリルは笑った。

◇◇◇

今朝もリルは幸せな気分で目を覚ました。

隣で眠っている琥珀のフカフカした毛並みに顔を埋《うず》める。すると、外がなんだか騒がしいことに気がついた。

この声は鳥だ。まるで歌っているような綺麗な音色だった。

リルは急いで着替えて、琥珀と一緒に外に向かった。

外はまだ日が昇ったばかりだった。玄関には無数の鳥達がいた。

半分眠ったような状態のフクロウまでいる。

『来たよ』

『来た』

リルは鳥達に挨拶した。

「リルだよ、よろしくね」

『リル、よろしく』

『遊ぼう』

鳥達はリルの周りを飛び回った。色んな種類の鳥がいて色とりどりで綺麗だった。鳥達は歌う。

それは本当に音楽のようだった。鳥の神獣は歌が得意らしい。

鳥達の声に、訓練をしていた騎士達も玄関に集まっていた。幻想的な光景にため息をつく。中心にいるリルはまるで妖精のように見えた。

一際大きな鷹《たか》達が森から飛んでくる。鷹は足に大きな枝を持っていた。それをリルに渡す。

『出会いの記念だ、この実は美味《うま》いぞ』

受け取ったリルは重さに少しよろめいた。しかし、笑顔でお礼を言った。

「ありがとう、鷹さん！」

『騒がしくてすまんな。コイツらは歌うのが好きなんだ』

鷹は呆れたように周りを見た。みんな歌いながら飛び回っていた。

リルは楽しいからなんの問題もないと思っている。

リル達はしばらくの間、鳥達の音楽会を堪能した。

一頻《ひとしき》り歌うと、鳥達は去っていく。

また遊びに来てねとリルは大きく手を振った。

リルは騎士達に鷹に貰った枝を見せた。これは森の奥にしかない果物で、とても高価なものらしい。

朝食の後にみんなで食べようと言うと、みんな喜んでいた。

果物はとても甘くて美味しかった。ご飯の後なのに一個を一人で食べてしまったくらいだ。リルは沢山食べた方が大きくなれるから大丈夫だと自分を納得させた。

実際リルが沢山食べる度に、騎士達はホッとしているので何も間違ってはいない。


午後になると恒例の森の巡回だ。今日のお留守番はメイナードだった。

リルは何をして待っていようか悩んでいた。

「リル、面白いものを作ろうか」

メイナードはそう言う。何を作るのだろうかとリルが興味を抱いていると、一緒に手を繋いで倉庫に連れて来られた。

メイナードは木の板とロープ、そして大工道具を取り出した。

まず木の板に二つの穴を開けた。そしてその板に丁寧にヤスリをかける。これはリルも手伝った。

穴にロープを差し込んで結ぶと不思議な形になった。

今度は森の入口にある大きな木にロープを括《くく》り付ける。

ブランコだ！　やっと何かわかった。リルは嬉しくて飛び跳ねた。

リルがブランコに乗ると、メイナードが背中を押してくれる。

最初は少し怖かったが、だんだん楽しくなってきた。

琥珀がリルの周りをぐるぐる回っている。どうやら琥珀も乗りたいらしい。

琥珀が木の板の上でお座りすると、リルが背中を押してやる。二人で交互に遊んで、ずっと笑っていた。

気がつくとメイナードは、また違うものを作っていた。竹に足場を括り付けてできたそれを、リルは『みちるちゃん』の記憶で知っていた。そう、竹馬だ。

リルは慎重に乗ってみる。足場の位置が高いのでメイナードが補助をしてくれた。次第にバランスが取れるようになってきて、手を離されても大丈夫になった。視界が高くてとても楽しい。

リルは夢中で走り回った。一頻り遊ぶとリルは疲れ果てていた。

休憩しながら聞いてみる。

「メイナードさんはどうしてそんなに色々作れるんですか?」

「実家が大工なんだよ。父さんが小さい頃から色々作ってくれたからね、覚えてたんだ」

大工さんとは家を造るものだと思っていたリルは驚いた。おもちゃも自分で作れるんだなと感心する。

その後もメイナードは駒や草笛など様々な遊びをリルに教えた。リルが疲れ果てて眠ってしまうまで、それは続いた。

メイナードは琥珀と一緒にリルをベッドへ運んで、ミレナの手伝いに向かった。

夕食前、目が覚めたリルは部屋を出た。食堂へ行くとミレナとメイナードが夕食の支度をしていた。みんなはまだ戻っていないらしい。

「リルちゃん、起きたの?　ならちょっとお手伝いしない?」

お手伝いと聞いてリルはやる気に満ち溢れた。料理のお手伝いは初めてだった。

今日のメニューは煮込みハンバーグで、沢山ハンバーグを作らなければならないらしい。リルはお肉を綺麗にまとめる係に任命された。責任重大である。

ミレナの真似をして小判形のお肉のボールを作る。そして少し高い所から何回か落として空気を抜いた。ちょっと形が崩れてしまった。綺麗に整え直して完成だ。

リルは沢山ハンバーグを作った。騎士のみんなは沢山食べるので頑張った。ミレナがリルの作ったハンバーグをフライパンに入れてどんどんソースで煮込んでゆく。美味しそうな匂いが充満した頃、騎士達は帰ってきた。

「お父さん！　リル、ハンバーグ作ったよ！」

イアンはエプロンを着けて厨房にいるリルに驚いた。ハンバーグを作ったと聞いて思い切り褒めてやる。料理はまだ早いと思っていたが、リルはどうやら器用らしかった。見た所形が崩れたりはしていない。

イアンは味わって食べた。リルが不安そうにイアンを見つめていたから、食べて感想を言わなければならない。ハンバーグはとても美味しかった。リルを褒めると安心したように笑った。

他のみんなも口々に感想を言う。ルイスと琥珀まで食べてはワンワン吠えていて、微笑ましい空気に満ちていた。

リルの初めての料理は大成功に終わったのだった。

◇◇◇

今朝のリルは早起きできなかった。昨日、沢山遊んで料理を作って草臥《くたび》れてしまったのだ。

『ほらリル、起きて朝よ』

ワンワン鳴く琥珀に顔をペロペロされてやっと起きられた。

ゆっくりと着替えをして顔を洗い、恒例の玄関に行く。

今日はどんな神獣達が挨拶に来てくれているのだろう。

『今日もきっと大勢ね』

琥珀は仲間に会えるのが嬉しいのか楽しそうだった。

玄関を開けると、今日も沢山の神獣達がいた。今日のメンバーは纏まりがなさすぎる。

クマにタヌキにキツネにイノシシにシカにウサギにネズミ……小さい子達がまとめてきたらしい。

リルは数日ぶりに森で過ごしたみんなに会えて嬉しくなった。

そしてなぜか一昨日来たはずのヒョウまで交じっている。

みんなを代表してなのか、クマがリルに話しかけた。

『ごめんね、みんな待ちきれないって言うから大勢で押しかけちゃって……これはみんなで集めたの、貰ってくれるかしら』

優しいクマが、また大きな葉っぱに沢山の木の実や果物を載せたものをプレゼントしてくれる。

リルは初めて会った子達に挨拶した。

「プレゼントありがとう！　私はリルです。今日は来てくれてありがとう！」

そう言うと、色んな神獣達がリルの周りに集まってきた。

『よろしくね』

『会いたかったよ』

みんな口々に挨拶してくれる。リルは一匹一匹抱き上げてモフモフした。みんなとっても可愛かった。リルは一気にお友達が増えてとても幸せな気分になった。

玄関前で日光浴をしているヒョウになにか用事があるのか聞いてみると、ここは日光浴にちょうどいいのよねと返ってきた。確かに拠点の周りは木を刈り取ってあるので日差しがよく当たる、騎士もいて安全だし悪いことはないだろう。

「何時でも遊びに来たらいいよ」

リルはヒョウにそう言った。ヒョウはシッポを振って完全に寝る体勢に入る。そういえばヒョウは夜行性かとリルはそっとしておくことにした。

その後は小さな神獣達と追いかけっこをして遊んだ。ウサギの足が思ったよりもずっと速くてリルは驚いた。あの小さな体にどれだけのパワーがあるのだろう。

クマはやはりみんなから一目置かれているようで、注意されるとすぐにみんな従った。聞いてみると、クマは小さい子達を守ってくれているらしい。やっぱり優しいクマさんだった。

走り回って疲れてしまって、クマにもたれて休憩する。クマが瑞々《みずみず》しい果物をくれた。食べると喉が潤って、最高の気分だった。食べられる子はみんな一緒に果物を食べてのんびりと日光浴をする。リルは日光浴が大好きなヒョウの気持ちがわかる気がした。体がポカポカして気持ちいい。

そのまま朝食の鐘が鳴るまでまったりしてしまった。

『これで挨拶はおしまいだから、明日からはみんな自由に遊びに来るわね』

クマがそう言って去ってゆく。リルはとても楽しみだった。

みんな森に帰ってしまった。ヒョウだけはまだ寝ていたが、そっとしておいた。後で騎士達に知らせておこう。


朝食を取りながらリルは今日のことを話す。森に異常はないこと、クマさんが優しかったこと、ヒョウさんが日光浴をしに来ていること、そして明日からはみんな自由に遊びに来ることを話した。

イアンは少し顔を引き攣《つ》らせた。大群でやってこないかと心配したのだ。拠点は確かにかなり広大な敷地に建てられているが、先日のネコ科の集いは圧巻だった。

「みんなに水場を造ってあげられないかな？」

実は今日、森の水場が少ないとタヌキに聞いたのだ。森の深い所には沢山あるようだが、タヌキは浅い所に住んでいるらしく、動物や魔物と取り合いになると悩んでいた。

神獣を守り、彼らの生活のために動くのが聖騎士団である。イアンは国に要請してみるとリルに約束した。


午後の見回り、今日のお留守番はグロリアだった。

グロリアはリルから見ると、まるでお姫様のように綺麗で優雅な人だ。

「リル、今日は私と勉強しましょう。団長にお願いされました」

グロリアはリルの手を取って庭に来た。勉強するのではなかったのかとリルは訝《いぶか》しんだ。

「今日は魔法の勉強ですよ」

グロリアが言うと、リルは飛び上がって喜んだ。とうとうリルも魔法が使えるようになるのだ。

「まずは魔力量を測りましょう。リルはまだ小さいですからこれから魔力が増えると思いますが、とりあえず今の魔力量を知っておきましょうね」

グロリアはリルにツルツルした石を持たせる。魔力量が多いほど石が光るらしい。石は光ってピカピカ点滅した。

「リルは魔力量が多いですね。きっと立派な魔法使いになれますよ」

「本当？　私魔法使いになれますか？」

グロリアは間違いないと頷く。六歳で石を点滅させられるほどの魔力を持つのは珍しい。

「では魔法について説明しますね、魔法は目に見えない精霊の力を借りて使います。精霊に魔力と引き換えに魔法を使わせてくれるようお願いするのです。上手にお願いできたら上手に魔法が使えます」

とてもわかりやすい説明だった。

「リルは大丈夫だと思いますが、精霊に嫌われると突然魔法が使えなくなることもあるので注意してくださいね。精霊への感謝の気持ちを忘れないように」

ありがとうの気持ちは大切だと『みちるちゃん』が頷いている。

嫌われないように毎日祈ろうとリルは決めた。

「魔法を使うのに呪文は要りませんが、最初なので声を出してお願いしてみましょうね」

グロリアはロウソクを取り出すと、台の上に置いた。

「見ていてくださいね。『炎よ、ロウソクの火をつけて』」

グロリアが唱えると、ロウソクに火が灯《とも》った。リルは初めて見る魔法に大興奮で拍手した。

「『風よ、ロウソクの火を消して』。それじゃあリルもやってみましょうか。火がつく所をよくイメージしてくださいね。イメージが雑だと魔法は発動しませんよ」

『頑張れ、リル』

琥珀の応援にリルは集中する。精霊さんに魔力をあげて火をつけるイメージ……と一つ一つ頭に思い浮かべた。

「『炎よ、ロウソクの火をつけて』」

その瞬間、リルの体から何かが抜けていくのがわかった。ロウソクに火が灯る。火は青い色をしていた。

リルは感激して飛び回った。グロリアが優しく微笑んで拍手してくれる。

「少し威力が強いようですが、よく一回で成功させましたね。魔法使いの才能がありますよ」

その言葉にリルは喜んだ、隣で琥珀も一緒に喜んでくれている。

「さあ、今度は火を消してみましょう。リルは魔力量が多いので、ちょっと弱く魔法を使うことを意識してください」

リルは再び魔法を使った。ロウソクの火は問題なく消えた。

「やはりちょっと強いですね。リルは魔力制御から学んだ方がいいかもしれません。怪我をしたら困りますから」

魔力制御とはなんだろうとリルは思った。

「ちょっと手を貸してくださいね」

グロリアはリルの手を握ると魔力を流し始める。不思議な感覚だ。

「魔力は普段はこれくらい細く、弱くを意識し使うものです。大きな魔法を使う時は別ですが、普段はこれくらいで十分なんです」

リルは自分の中に感じる魔力を確かめてみる。確かにゆっくりと細く弱く流れ込んでいる感じがした。

「では次はリルが魔力を流してみてください」

リルは一生懸命グロリアに魔力を流した。しかしなかなか上手くいかない。リルはうなりながら自分の魔力と格闘する。


そんなリルを見つめながら、グロリアは考えていた。

グロリアは家出してここにやって来た。王族に連なる貴族として血筋の確かな人と結婚して、決められた人生を歩むのが嫌だったからだ。そして同じように家を飛び出した、親戚であるイアンを頼ってここで騎士をしている。

グロリアのスキルは『魔法師』。魔法に関しては最強だったからこそ騎士としてやっていけている。

グロリアはここに来て、自分がどれほど恵まれているのかを知ったのだ。森にはボロボロになった人間がよく捨てられ、人の死も沢山見ることになった。リルは助かったが、そのうちの一人だ。最初はただの家出だったが、今はこの仕事をやめたくないと思っている。リルのような子達を救いたい。助けたい。その思いは本物だった。

「そうです、リル上手ですよ。その感覚を忘れないようにしてください」

リルが嬉しそうに笑い、琥珀も一緒に喜んでいた。

グロリアはこれからもリルに色々な魔法を教えようと思っている。

『魔法師』である自分にはこれくらいのことしかできないから。

リルがずっと幸せに笑っていられますようにと、グロリアは祈った。


魔法が使えるようになったリルは、帰ってきたイアン達に魔法を見せた。イアンは凄いぞと頭を撫でてリルを褒める。リルはみんなから褒められてとても嬉しかった。

グロリアがまだ一人の時には魔法を使ってはいけないと言うので、毎日練習はできないだろうが、いつか立派な魔法使いになりたいとリルは思う。

リルはその日の夕食を、驚くほど沢山食べることができた。グロリア曰《いわ》く、魔力を使うとお腹が減るものなのだそうだ。

そういえばグロリアは毎日男の人と同じくらい沢山食べていたなと思い返した。

毎日魔力を使って沢山食べたら、早く大きくなるのかなとリルは考える。

リルは沢山魔法を勉強しようと決意を新たにした。

◇◇◇

翌日の朝。早起きしたリルは、神獣達に魔法が使えるようになったと報告していた。神獣達に魔法が使えるのかと聞くと、神獣はみんな使えるようだった。魔物もみんな魔法が使えるらしい。

琥珀が言うには、神獣は魔物を退治することが神様から与えられたお仕事でもあるらしい。穢れをまとった魔物と聖なる力を宿した神獣が戦うことで、世界のバランスを保っているのだそうだ。魔物は世界の穢れそのものなので積極的に退治しなければならないらしい。

神獣達は本当に神の使いなんだなとリルは感心した。

『神獣は風と土の魔法が得意な子が多いわ。その代わり炎を扱うのは苦手なの、森の中で使ったら山火事になっちゃうもの』

琥珀の言葉にリルは確かにと頷いた。『みちるちゃん』が山火事はどんどん燃え広がるからとても怖いものだと言っている。

『風の魔法を使いながら走ると気持ちいいのよ。リルもやってみる?』

リルは琥珀の背に乗って走ってもらった。ものすごいスピードで走る琥珀にリルは感動した。風を切って走るのはとても楽しい。後ろからほかの神獣達も付いてきて、みんなで拠点の周りをぐるぐる回った。

何周かすると、疲れきったみんなとくっついて地面に横になる。みんな楽しそうに笑っていた。近くにいた神獣達を次々に捕まえて撫でていると、鳥達が歌い始めた。ウサギがピョンピョン飛び跳ねて低空飛行している鳥を捕まえようとする。

みんな楽しそうだと思ったらしい。歌いながら逃げ回る鳥を追いかけ始めた。リルも遊びに加わって鳥を捕まえようとする。しかし素早すぎてなかなか捕まらない。琥珀はその気になれば鳥など簡単に捕まえられてしまうので、リルと小さな神獣達が遊ぶのを微笑ましく見守っていた。

鳥達が飽きて森に帰ってしまうと、小さな神獣達と日光浴をした。

神獣達とする日光浴は格別だとリルは思う。みんなとてもモフモフで暖かいのだ。いつの間にかリルは眠ってしまっていた。


『リル、誰か来たみたいよ』

しばらく小さな神獣達とお昼寝していると、琥珀に顔をペロペロされて起こされた。

琥珀が指す方向を見つめていると、銀狼に跨った青年の姿が見えた。

「リヴィ伯父さん！　マーリン！」

リルは二人のもとに駆けてゆく。マーリンから降りたリヴィアンはリルを抱き上げた。

「やあリル。しばらく見ないうちにすごく可愛くなったね」

リルは褒められて嬉しかった。琥珀のこともリヴィアンに紹介する。

リヴィアンはリルが元気そうで安心した。

「リルのパパは今どうしているのかな？　用事があってきたんだけど」

リルはリヴィアンを連れて拠点の中に入る。団長室までリヴィアンを連れていった。

「お父さん！　リヴィ伯父さんが来たよ！」

イアンは驚いて扉を開ける。

「案内ありがとうリル、イアンとお仕事の話をするから遊んでおいで」

リヴィアンはリルの頭を撫でるとイアンに招かれるまま団長室に入った。

イアンはお茶を入れるとリヴィアンの前に置く。

「で、用件はなんです？」

「聖女に会ってきた」

イアンは真剣な顔で続きを促した。聖女とはリルの双子の姉のミレイユのことだ。

「間違いなく一卵性双生児だね。リルの方が小さいし、痩せているけど顔立ちはそっくりだ。絶対に貴族には会わせないほうがいい」

イアンは落胆した。リルが自由に歩き回れるようにしてやりたかったのだが、希望が絶たれてしまった。

「しかし、良く会えましたね」

リヴィアンはため息をつく。

「国王がどこへ行くにも連れ回しているんだよ。まだ六歳なのに、可哀想《かわいそう》に、疲れ果てた顔をしていたよ。あの国王はもうダメだ。完全に聖女のスキルに依存している」

嘘を見抜く『真実の目』は確かに有用なスキルだ。国王が依存するのも仕方がないのかもしれないとイアンは思う。

「それにしても、聖女はかなり賢いようだよ。国王の前で僕はあえて一つ嘘をついたんだけど、彼女は僕をじっと見ただけで指摘しなかった。相手が嘘をついたら国王の服を引くように言われているみたいだけど、彼女は明らかに伝える情報を選んでいた」

イアンは驚いた。リルもかなり賢いが、ミレイユはそれ以上なのかもしれないと思った。

「本当に可哀想だったよ。誰のことも信じていないような目をしていた。リルとは真逆で常に無表情だったんだ。嘘がわかるっていうのは悲しいことだね。リルと同じ顔だからかな、ちょっと情が湧いたみたいだ」

イアンは怒りを覚えた。姉の方は幸せに暮らしていると思っていた。このことをリルが知ったら何を思うだろうか。

「何とか助けられたらいいのだけどね、こればっかりは難しいよ。一応国王のそばに諜報員《ちょうほういん》を置くことにした。何か混乱するような出来事があれば、死を偽装してから保護するようには言っている」

国王が依存して囲っているのに、そんなことが可能だろうか。イアンは思い悩んだ。

「リルは姉に関して何か言っていたかい？」

「姉に対しては好悪《こうお》の感情はないようです。一度も会ったことがないからと言っていました。恨んでもいないと言っています」

リヴィアンはホッとした様子だった。ミレイユに情が湧いたというのは本当のようだ。

「リルは大人だね。リルの境遇なら普通姉を恨むだろうに」

「恐らく『みちるちゃん』の教育の成果でしょう」

「ああ、姉の方にも守護霊が憑いていてくれたらいいのにね」

二人はお茶を飲みながらミレイユの今後を憂えた。

実はミレイユは家族にも国にも嫌気がさして、逃亡を企てている真っ最中なのだが、二人はそれを知らない。

姉妹が顔を合わせる日も遠くないかもしれない。


話が終わって二人が拠点を出ると、リルがマーリンと琥珀とルイスと遊んでいた。琥珀の上に乗って前庭を走り回ってご機嫌である。

リヴィアンとイアンは先程まで暗い話をしていたからか、彼女達が眩《まぶ》しく見えた。

二人に気づいたリルが近づいてくる。

「お話は終わった?」

「ああ、終わったよ。マーリンと遊んでくれてありがとう」

リルは頭を撫でられて嬉しそうに笑った。

その顔を見て、彼女の姉のことを思い出したリヴィアンは複雑な気持ちになった。

幕間 ミレイユ Intermission

物心ついた時から、ミレイユには前世の記憶があった。ミレイユの前世は日本の警察官だった。

そしてこの世界は魔法の存在する、地球とは全く異なる世界であることに早々に気づいてしまった。

しかもミレイユは嘘《うそ》を見分けることができた。三歳でその事実に気づいたミレイユは絶望したのだ。

ミレイユはリルとは違い、前世の自分を自分の主人格だと捉えている。心に傷を負って、前世の人格と自分を分裂させてしまったリルとは精神の成熟度が段違いだ。ミレイユは大人であるという自覚がありながら、子供として生きていた。

それはあまりにチグハグでミレイユにとって酷《ひど》いストレスだった。

しかも実家は侯爵家で、母と父はとても仲が悪かった。いや違う。母だけは父を愛していたが、相手にされていないのだ。

ミレイユが天才と呼ばれるようになった頃から、母はよくミレイユに言った。

「貴女《あなた》は私のたった一人の娘よ。お父様に認められるように努力しなさい」

ミレイユはその言葉が嘘であることに気づいてしまった。酷く混乱したのを覚えている。

ミレイユは推測した。恐らく母は一人目を流産しているのだろう。だからたった一人の娘という言葉が嘘になった。そして二人目も男の子ではなかったから、父に見放された。母はミレイユを産んだ時に子供を産めない体になったそうだ。母は父の関心を取り戻したかったのだろう。だからミレイユに優秀であることを求めたのだ。

ミレイユは母に同情した。父はまるでミレイユ達《たち》が透明人間であるかのように無関心だった。父にとって母は、離婚すると外聞が悪くなるから仕方なく家に置いている人間なのだ。

真実はもっと残酷だと、その頃のミレイユはまだ知らなかったのだ。

六歳になった頃、ついにミレイユのスキルがバレてしまった。

母はすぐにこのことを国王陛下に報告して、ミレイユには聖女の役職が与えられるようになった。ただ国王のそばで、嘘つきを報告するだけの仕事だ。

ミレイユは父に、生まれて初めて呼び出された。そしてこう言われた。

「お前は忌むべき双子の片割れだ。聖女などとはおこがましい。今日まで育ててやったことに感謝しろ。そしてこれからは家のために尽くせ」

その言葉には、何一つ嘘はなかった。ミレイユは大きな勘違いをしていたのだ。

母の言葉が嘘だったのは、実際にもう一人娘がいたから。

父に母が見捨てられたのは、男の子を産めなかったからではない。忌むべき双子を産んだから。

ミレイユの頭の中に前世の記憶がフラッシュバックする。

殺風景な病室で、それでも笑って暮らしていた前世の妹。何もしてあげられないまま死んでしまった、誰より大切な可愛《かわい》い妹。ミレイユは今世の妹と重ねて、絶対に助けなければと思った。

ミレイユは母を問い詰めた。妹はどこにいるのかと。

「大丈夫よ、ミレイユ、あの気狂いは処分したから安心してちょうだい。これからも貴女は私のたった一人の娘よ」

その言葉には何一つ嘘が含まれていなかった。全てが手遅れだったのだ。ミレイユは思わず呟《つぶや》いた。

「人殺し……」

そう言った瞬間の母の顔をミレイユは忘れられない。母は狂ったように叫び続けた。

「あの子は忌み子よ、人じゃない、私は誰も殺してない！」

その言葉が嘘だったことはせめてもの救いだろう。この女は自分が人を殺したと認識しているということだ。

ミレイユはもういない妹にどう償ったらいいのだろうと絶望した。妹は今までどんな暮らしをしていたのか、考えるだけで胸が痛い。ミレイユはおかしさに気づいていながら、何も知ろうとしなかったのだ。もっとちゃんと調べていたら、妹を救えたかもしれないのに。

ミレイユはもう、目の前の女を母だと思えなくなった。父も同様だ。

ミレイユは妹がどんな暮らしをしていたのか調べた。それは悲惨の一言だった。

妹が監禁されていた地下牢《ちかろう》を見た時、涙が止まらなくなった。

妹は地下牢でそれでも笑って暮らしていたらしい。気狂いだと言われていたが、ミレイユには普通の子供だとしか思えなかった。ミレイユは警察官として、虐待された子供を保護したことがある。妹の言動は彼らと何ら変わらなかった。


その日から、ミレイユは『ミレイユ・アダムス』を殺すための計画を立て始めた。

顔を隠せるローブを用意し、実行の機会を待った。

正直勝算の少ない賭けではあったが、それでも良かった。早く逃げ出してしまいたかった。

そして機会は、案外早く訪れた。

国王の仕事に付き合って、海沿いの屋敷に宿泊した時、ミレイユは一人で海が見たいと使用人を下がらせた。ミレイユはテーブルに遺書を置いた。そして長い髪をナイフで切り取った。遺髪として残していきますと遺書に書いていたからだ。

そしてドレスの裾を切り裂くとバルコニーの柵に引っ掛ける。

これで海に飛び込んだように見えるだろう。

ミレイユは着ていたドレスを海に投げ捨て、隠しておいた男の子用の服に着替える。そして外壁を伝い外に出た。前世趣味でやっていたボルダリングがこんな所で役に立つとは思っていなかった。

あとは逃げるだけだ。そう思った時、誰かに腕を引かれた。

腕を引いたのは国王の旅に随行する侍従だった。ミレイユは舌打ちする。

「私はウィルス王国のリヴィアン・ウィルソン第二王子殿下に、貴女の保護を命じられています」

侍従は予想外のことを言った。その言葉に嘘はなかった。

確保ではなく保護とは一体どういうことだろう。ミレイユは前に会った王子を思い浮かべた。

彼は恐らくミレイユのスキルを知っている。そう思っていた。大した調査力だと感心したものだ。

ミレイユを試すように一つだけ嘘をついた、侮れない男だ。

彼は何らかの理由でミレイユが欲しいらしい。どうせ行く所もない。ミレイユはあの家とこの国から逃れられるなら何でも良かった。だから誘いに乗ることにした。

男達に連れられ隣国——ウィルス王国に入る。


ミレイユは王子との面会前に髪を整えられた。前世と同じくらい短いショートカットになった。こちらの方が軽くていい。

ミレイユが面会室に入ると、リヴィアンが座って待っていた。

その後ろにはよく似た顔の男性が立っている。

「やあ、ミレイユ嬢。いや、今はただのミレイユか」

「ええ、ミレイユ・アダムスは死にました」

ミレイユは礼儀など無視して椅子に腰掛ける。

「それで、何をお望みですか？」

「君は逞《たくま》しいな。実は我が国で君の妹を保護しててね」

ミレイユは驚愕《きょうがく》してリヴィアンを見る。その言葉に嘘はなかった。

「妹は、あの子は生きてるんですか!?」

思わずリヴィアンに詰め寄った。

「ああ、僕の弟の養子になって幸せに暮らしているよ」

なぜ王族の養子になったのかミレイユには意味がわからなかったが、彼は本当のことを言っている。

ミレイユは涙が溢《あふ》れて止まらなかった。助けられなかったあの子は、幸せに暮らしているのだ。

ミレイユの様子を見たリヴィアンが、リルのことを語り出す。まるでシンデレラのような奇跡的な話だったが、その言葉に嘘はなかった。

ミレイユは安堵《あんど》した。

「それで君の話だが……」

「理解できました。私がそのまま聖女として隣国にいると『通訳者』である妹が一生自由に動けないから、私を攫《さら》ったのですね。成長して少し容姿が変わってしまえばいくらでも言い訳ができますし、将来的に妹を表に出すなら必要な措置でしょう」

ミレイユの言葉にリヴィアンは苦虫を噛《か》み潰したような顔をする。

「いやそれもそうなんだけどね……」

ミレイユはなにか間違ったことを言っただろうかと考えた。

「ああ、私は隠れて暮らします。妹の邪魔にはなりたくないですし、万が一見つかったら国際問題でしょうから指示には従いますよ」

「君は妹に会いたくないのかい？」

リヴィアンがミレイユに聞いた。会いたくないと言ったら嘘になる。けれども会う勇気はミレイユにはなかった。

「妹は今幸せなのでしょう？　会ったこともない姉が現れてかき乱すより、そのまま過去のことは忘れて欲しいのです。何より、私はあの子に合わせる顔がありません」

リヴィアンは眉間に皺《しわ》を寄せて何か考えている。

「……君はリルが虐待されていることを知っていたのかい？」

「いいえ、知りませんでした。でも私は違和感を覚えながらも何も知ろうとしなかったのです。全てを知ったのは、妹が捨てられた後でした。それは罪だと、私は思います」

リヴィアンはまた深く考え込んでしまった。

「とりあえず、君を保護するよ。他のことはもう少し時間を置いてから考えよう。しばらくは屋敷から出られない生活になるけど、我慢してね」

リヴィアンはそう言うと、ミレイユに屋敷を案内した。この屋敷は彼の息子のエルヴィスの屋敷らしい。

屋敷の中には猫が沢山いた。エルヴィスを見るなり集まって来て可愛らしい。

エルヴィス曰《いわ》くこの屋敷は、街で怪我《けが》をしていたりした雌猫を拾って保護している屋敷なのだそうだ。雄猫用の屋敷もあるという。

保護して直接面倒を見たり里親を探したりしているのだそうだ。

「君は猫は大丈夫かい？　大丈夫なら一緒に遊んでくれると嬉《うれ》しいよ」

エルヴィスが先程までの真剣な表情が嘘のように笑って猫を抱き上げる。

相当猫好きなのだろう。

ミレイユも猫は嫌いではなかった。エルヴィスに群がる猫を見ていると、緊張が解けてゆくような気がする。

「平気なようでよかったよ。しばらく窮屈だろうけど我慢してほしい」

エルヴィスの言葉にミレイユは頷《うなず》いた。

「さて、僕はそろそろ仕事に戻るから、あとは任せたよエルヴィス」

リヴィアンは本当に自分に何も求めないつもりだろうか。ミレイユは訝《いぶか》しんだ。

そうだ忘れていた、とリヴィアンが手を叩《たた》く。ミレイユはやはり何かあるのかと警戒した。

「君の名前を決めよう。リアはどうだい？　リルとお揃《そろ》いだよ」

ミレイユは拍子抜けした。名前は何でもよかったのでそのまま頷く。

そしてその日からミレイユはリアになった。妹とお揃いなのが少し嬉しかった。

二章 リアとエルヴィス

Chapter Two

その日は朝早くから拠点に来客があった。リヴィアンとマーリンである。リルはあまりにも早い時間の訪問に何かあったのかと心配になった。

リヴィアンは大丈夫だと笑ってリルの頭を撫《な》でてくれた。今日もリヴィアンはイアンに用事があるらしく、リルはマーリン達《たち》と遊ぶことにした。

「それで、どうしたんです兄上。こんな朝早くから」

リヴィアンは暗い顔でため息をつきながら言った。

「聖女を保護した」

イアンはカップを落としそうになる。聖女はリルの双子の姉だ。驚愕《きょうがく》した目のまま続きを促す。

「彼女、逞《たくま》しすぎるよ。自分で自殺を偽装して逃げようとしたんだよ。信じられるかい？『透視』のスキル持ちに見張らせてなかったら保護できない所だったよ」

それはとんでもない話だとイアンも思った。

「彼女は賢いなんてもんじゃない。冷静だし客観的に物事を判断できるし、地に足が着いている。どこかの政治家と話している気分だったよ。話が早いにも程がある」

イアンは優秀な兄にここまで言わせる彼女は一体何者なのかと考える。返す言葉が見つからない。

「でも、リルの話をした時だけは泣いていたよ。生きていると知って喜んでいた。でもリルに合わせる顔がないと言っていてね。保護されていることは秘密にして欲しいそうだ。彼女には、きっとまだ時間が必要だ」

「そうですか……一応、リルにもう一度姉について聞いてみます」

リヴィアンはそうしてくれと言うとお茶に手をつけた。その表情はどこか暗い。

「何かありましたか？　兄上」

イアンは兄のいつにない様子を心配していた。

「ああ聖女——リアと名付けたのだけど、どう接するべきか困っていてね。本当に子供らしくない子供なんだ。おもちゃをあげようとしたら、それより書物が欲しいと丁重に断られたよ」

リヴィアンはさらに深くため息をついた。

「オマケに可愛《かわい》いドレスを買ってきたのに着たがらないんだよ。脱走の時に男の子の格好をしたのが気に入ったみたいで、スカートを拒否するんだ。性別を偽った方がバレるリスクが減るだろうと僕を丸め込もうとする始末だ」

兄がここまで悩んでいるのは珍しいと、イアンは瞠目《どうもく》した。

「時間が必要なのではないですか？　リルも子供らしさが出てくるまでは少し時間がかかりましたし」

「そうかな？　リルと一緒ならしっかり者のお姉ちゃんと無邪気な妹って感じでいいと思うんだけ

ど、本人が拒んでるからなぁ……はあ、やっぱりなかなかうまくいかないよね、子育てって」

イアンは兄の子供達を思い浮かべる。確かに兄の子達はみんな強情だった。

「まあ、リルのためにも頑張ってください」

「他人事《ひとごと》だなぁ……まあでも、今リアのことはエルヴィスに任せているから、僕よりはうまくやってくれるんじゃないかな」

それは大丈夫なのかとイアンは思った。エルヴィスは生粋の女嫌いだったはずだ。リアのことも、まあ邪険に扱うことはないだろうが、内心どう思っているのか不安だった。

「そんな顔しないでよ。エルヴィスもさすがに六歳の女の子を邪険にしたりはしないよ。むしろリアとは相性がいいんじゃないかな?」

リヴィアンはお茶を一気に飲み干すと、今日はもう帰るよと言って去っていった。

リアのことを報告しに来ただけだったらしい。

イアンはリアとエルヴィスが仲良くやれることを祈った。

◇◇◇

一方その頃、リアを預かったエルヴィスは困惑していた。このリアという少女、まだ六歳だと聞いていたが、子供らしさが全くないのである。

子供らしさどころか女性らしさもない。いや、女の子なのだがエルヴィスが知っている貴族の女性とは雲泥の差だった。他人に媚《こび》を売るような真似《まね》はしないし、精神的に自立しているように見える。エルヴィスはリアに好感を持った。

エルヴィスが、保護される前はどんな生活をしていたのか問うと、リアはずっと勉強させられていたと答えた。

スケジュールを聞いてみると、恐ろしいほどの過密スケジュールだった。それは最早《もはや》虐待だろうとエルヴィスは思う。

エルヴィスはリアが可哀想《かわいそう》で仕方なかった。自分にも弟が二人いる。リアくらいの歳《とし》の子供がどういうものなのかよく知っているエルヴィスは、リアに子供らしさがないのもそれが許されなかったからだろうと推測した。だからエルヴィスは、父がしようとしていたようにリアを甘やかすことにした。

「何かやりたいことがあるかい？」

エルヴィスが問うと、リアはまずこの国のことが知りたいという。そして剣術を習いたいと言った。

父の補佐としての仕事を休み、しばらくの間面倒を見るように言われていたエルヴィスは、快く教師役を買ってでた。

エルヴィスは庭にリアを連れていくと、一本のレイピアを渡した。

「女子供に扱えるのはこれくらいしかないのだけど、大丈夫かい？」

リアは重さを確かめて、大丈夫だと頷《うなず》いた。

エルヴィスはまず構え方を教えて、適当に向かってくるように言う。自身の剣でリアの攻撃を受け流しながら、ただただ感心した。まるで経験者のようにセンスがある。練習したらきっととても強くなるだろう。

実際リアは前世で剣道を極めていた。レイピアでは使い方は異なるが、剣での戦い方は知っている。

エルヴィスが止《や》めるように言うと、リアは悔しそうにしていた。その様子にエルヴィスは笑ってしまう。

「僕のスキルは『剣豪』だよ。今日剣を始めたばかりの子に有効打を許すわけがないだろう」

スキルを聞いて、リアは目を輝かせた。

「羨ましいです、私も誰かを守れるスキルだったら良かったのに……」

リアはレイピアを見つめて言う。それはエルヴィスが初めて見た、リアの弱さだった。

思わずエルヴィスはリアの頭を撫でる。こんなことを他人にするような性格ではなかったはずなのに、なぜかリアにはそうしたくなった。

リアは突然頭を撫でられて驚いた。子供扱いされるのなんて慣れていない。リアは前世ではしっかり者のお姉さんで、今世でもただの子供扱いはされていなかった。

どうしていいのかわからなくてついそっぽを向いてしまう。そんな挙動不審なリアを見てエルヴィスは笑った。

きっとリアは、褒められるのに慣れていないのだろう。ならできる限り褒めてやろうとエルヴィスは思った。

エルヴィスはリアに自分が教えられる限りの剣の使い方を教えた。そしてリアをよく褒める。褒められる度に居心地が悪そうにするリアにエルヴィスは楽しくなってしまっていた。

ウィルス王国や周辺諸国の歴史を教えている時も、事ある毎《ごと》にリアの頭を撫でて褒める。

リアは子供扱いされているだけだと平常心を保つのに必死だった。

エルヴィスは王族だけあって容姿がかなり整っているのである。そんな男に、子供扱いされているだけとはいえ甘やかされるのはリアには初めての経験だった。

しまいには移動の際に抱き上げてくることもあった。自分で歩けると主張してもエルヴィスは下ろしてくれない。もしかして子供よりもペット扱いなのではとリアは思っていた。

現にリアの扱いは、屋敷に無数にいる猫に対するものに酷似している。

リアのために可愛らしいお菓子も毎日用意してくれて、まるでお姫様待遇だった。

エルヴィスはもう、懐かない子猫のようなリアが可愛くて仕方がなくなっていたのだ。

そんな生活が十日ほど続いた頃、リアはエルヴィスに厨房《ちゅうぼう》を貸して欲しいとお願いした。リアはそろそろ精神統一がしたかった。一日中年上のカッコイイお兄さんに猫可愛がりされ甘やかされて、開いてはいけない扉を開いてしまいそうだった。

リアの前世のストレス解消法はクッキー作りであった。何かある度に無心になってクッキーを焼いていた。

エルヴィスは侯爵令嬢であったリアが料理できることを不思議に思いながらも、リアの願いなら叶《かな》えようと厨房を貸しだした。

リアは前世を思い出しながら色違いの生地をいくつか作ると、魔法で冷やして包丁で切る。幾何学模様になるように色違いの生地を組み合わせると、金太郎飴《あめ》のように包丁で切ってゆく。

一部始終を見学していたエルヴィスは、不思議で美しいクッキーに感心した。一体誰に習ったのだろう。聞いたらはぐらかされるだろうか。リアはなかなか自分に心を許さない。会話中に話を逸《そ》らされるのはよくあることだ。

出来上がったクッキーを試食するとほのかに甘くて美味《おい》しかった。リアは作るだけ作って満足してしまって、この大量のクッキーをどうしようか悩んだ。

「孤児院に寄付とか、できますかね?」

不安そうにそう問うリアにエルヴィスは笑った。

「どうするか考えないでこんなに作ったのかい？　いいよ、明日近くの孤児院に持って行ってみるよ」

リアはホッとした。せっかく作ったのに腐らせてしまうのは勿体《もったい》なさすぎる。子供達が喜んでくれるなら作った甲斐《かい》もあるだろう。

エルヴィスはリアを抱き上げると椅子に座らせた。紅茶を入れるとクッキーと共にテーブルに並べる。

リアはまた突然抱き上げられて、せっかく精神統一したのにと頬を膨らませていた。エルヴィスはそんなリアに笑って頭を撫でると、席についてお茶会を始めた。

リアがここに来た当初よりも子供らしい仕草が増えてきたような気がして、エルヴィスは満足していた。これからもこの不幸だった子を存分に甘やかしてやろうとエルヴィスは考えていた。

三章　水場とアスレチック

Chapter Three

夕食後、イアンがリルに言った。

「そういえば、神獣様達《たち》のための水場を造る許可が下りたぞ」

リルは喜んだ。しかし水場の造り方がわからなくて困ってしまった。

するとメイナードが助け船を出してくれる。

「玄関前の広場に造るなら、水を引くよりため池のような感じがいいと思うよ。水を出す魔道具を使っていつでも綺麗《きれい》な水になるようにするんだ」

そんな便利な魔道具があるのかとリルは感動した。みんなで水場の案を出し合う。

メイナードが設計図を作ってくれた。

「地面を掘るんじゃなくて、上に浴槽を造るようなイメージで……一部に低い段差を三段くらい造って、小さい子も登れるようにしよう。水飲み場と水浴び場は別にして、水浴び場は地面に埋めこもうか」

まるで魔法のように設計図ができてゆく。メイナードは大工の才もあるようだった。

リルは完成が楽しみでしょうがなかった。

「メイナード、お前自分で造るつもりなのか？」

イアンは呆《あき》れた様子だった。普通大工に依頼するのに、メイナードは自分で造る前提で話しているからだ。

「あ……そうですね、つい」

メイナードは気づいていなかったようで、気まずそうにしていた。

「いいのではないですか？　メイナードが造っても。大工を呼ぶには今は障《さわ》りがあるでしょう」

マーティンが暗にリルのことを示して言う。イアンは少し考えてメイナードに任せることにした。

メイナードは嬉《うれ》しそうだった。そんなに大工仕事が好きならどうして騎士になったのだろう。リルは少し気になった。


翌日の朝、今日から水場づくりが始まる。リルは楽しみすぎて早く起きてしまった。琥珀《こはく》と共に外に出ると、大きな台車があった。

男性陣でまず材料を調達しに行くらしい。作業は午後からになるようだ。

今日遊びに来ていた神獣達が興味津々で彼らを見ていた。

ちなみにヒョウとトラとリスとタヌキとウサギと鳥がいる。

リルはちょうどタヌキがいたので水飲み場を造るのだと説明する。タヌキはぐるぐる回って雄叫《おたけ》びを上げながら喜んでいた。

『ここにお水飲みに来ていいの？』

ウサギも嬉しそうにジャンプしている。

リルはイアン達が戻るまで、リスとウサギとタヌキと遊んだ。鳥達も遊びに誘ったが、歌うのに夢中らしかった。

ヒョウとトラは日光浴をしながら眠っていた。

遊び疲れてみんなをモフモフしていた頃、イアン達が帰ってくる。

「おかえり！　お父さん！」

リルはイアンの脚に飛びついて台車の中を見た。石材が沢山入っていた。タヌキがやって来てまたぐるぐる回って喜ぶ。

『水飲み場！　水飲み場！』

「タヌキさんが楽しみにしてたんだよ」

リルはタヌキの通訳をする。みんなクスクスと笑いだした。

先に朝食にしようと一旦家の中に入る。タヌキ達は玄関前で待っているそうだ。

朝食を終えて玄関前に戻ると、メイナードがグロリアに石材をカットして欲しいとお願いする。

どうするのだろうと思っていたら、グロリアは魔法で簡単に石材を切っていた。

リルはそのかっこよさに感動する。自分もいつか絶対にこんなカッコイイ魔法使いになると誓った。今は師匠であるグロリアの魔法をよく観察する。師匠の技は目で見て盗むものだと『みちるちゃん』も言っている。

「グロリアがいてくれると作業が早くて助かるよ」

メイナードはグロリアがカットした石材を接着剤のようなもので組み合わせてあっという間に水飲み場を造ってしまう。

リルも神獣達も興味津々で作業を見つめている。リルが拍手するとリスとウサギも真似《まね》して前足を叩《たた》いていた。

次に水浴び場を造る。グロリアはメイナードの指示通りに土を掘ると、メイナードはそこに石材を並べていった。よく見ると水飲み場から流れた水が水浴び場に、そして排水溝に流れるようになっていた。

仕上げに接着剤を乾かす。一時間もしないうちに乾くようだ。リルがどうしてそんなに速いのか聞いたら、魔法で作られた高価な接着剤らしい。神獣絡みだと予算が下りるとメイナードが楽しそうにしていた。

その間、残った石材で飛び石のようなものを造る。飛び石というより飛び跳ねて登る階段だろうか。どうやら小動物達の遊び場のようだ。小さな神獣達はみんな喜んで突進していた。ただ登るだけでも楽しいようだ。

そうこうしているうちに、接着剤が乾いた。いよいよ水が出る魔道具を設置する。メイナードが魔道具のスイッチを入れると勢いよく水が流れ出した。水飲み場から水浴び場まで水が行き渡ると、神獣達は勢いよく水に飛び込む。水浴び場はとても大きく造られている。大型の神獣達も入れるようにだ。タヌキ達には湖と変わらないようで楽しそうに泳いでいた。

いつの間にかトラとヒョウも起きてきていた。並んで水を飲んでいる。実にマイペースである。

リルはトラ達の背をフカフカ撫《な》でる。柔らかい毛並みが最高だ。

こんなに早く水場が完成すると思っていなかったリルは、もう一つお願いをしてみることにした。

琥珀用に大きなアスレチックを造れないかと思ったのである。

琥珀はリルの守役になってから常にそばにいて森に入っていない。思い切り遊ばせてやりたかったのだ。

メイナードは楽しそうに案を考えてくれた。そして許可を貰《もら》いに見回りから帰ったばかりのイアンの所に走っていった。

本当に楽しそうだなとリルは思った。

夕食の時間、話題は出来上がったばかりの水場のことだった。みんなもさすがに一日でできるとは思っていなかったらしく、驚愕《きょうがく》していた。

リルがお願いしていた琥珀のアスレチックはちゃんと許可が下りて、明日材料を買って、明後日《あさって》から製作に取り掛かることになった。

イアン曰《いわ》く、拠点を好きに改造しても問題ないと国からの返答があったようで、メイナードは大興奮していた。他にも神獣達のために造りたいものがあるとかで、大量の木材を発注したいと言っている。

イアンはまあ大丈夫だろうと許可を出したが、後々それを後悔することになる。メイナードの製作意欲は止《とど》まるところを知らなかったのだ。

◇◇◇

次の日リルが起きて顔を洗っていると、ロザリンに呼びかけられる。導かれるままロザリンの部屋に入ると、そこは布の海だった。

リルはあまりの光景に驚いた。ロザリンはそ知らぬ顔で布の中から何かを取り出すとリルに渡した。それは沢山のリボンの山だった。リルは不思議そうに渡されたリボンを眺めている。

「それね、リルちゃんと琥珀のリボンなの、全部お揃《そろ》いで用意してあるから使ってちょうだい」

リルはビックリして一つ取り出してみた。確かに琥珀の大きさにピッタリのリボンだった。レースが縫い付けてあってとても可愛《かわい》い。

琥珀がシッポを振って着けて欲しいと催促した。琥珀のリボンはサイズ調整ができるようになっていて、ホックで留める仕組みだった。

琥珀の首に着けると大きなリボンが可愛かった。琥珀も大喜びでロザリンに顔を擦《こす》り付けている。感謝の証《しるし》らしい。

リルは琥珀に着けたのとお揃いのリボンを取り出す。こちらは普通のリボンで、どう着けようか迷った。

「おいで、髪を結ってあげる」

ロザリンに促されて鏡台の椅子に座ると、あっという間に髪がハーフアップに可愛く結いあげられてゆく。まるでシンデレラの魔法使いみたいだと『みちるちゃん』が言った。

仕上げに琥珀とお揃いのリボンを着けてもらって、とても嬉しかった。このお揃いのリボンがあと五種類もあるのだ。

リルはロザリンに大変だったのではないかと聞いた。

「私『裁縫』のスキルを持ってるの。だからちっとも大変じゃないわ。むしろ何か作っている時が一番落ち着くのよ」

リルはメイナードと気が合いそうだなと思った。

そういうことならと、リボンはありがたく頂くことにする。

リルはロザリンにお礼を言って外に向かった。


外では騎士達が木材を大量に積み上げていた。発注した木材がもう届いたらしい。いくらなんでも早すぎないだろうか。

「お父さん、もう木材が届いたの？」

「ああ昨日の夜、魔道具の鳥を飛ばして連絡しておいたんだ。そしたら受け取りに行くと言っていたんだが、朝一番で届けてくれてな」

優しい店主さんだったらしい。

大量の木材を前にして、メイナードが大興奮で構想を練っている。見かねたイアンが釘《くぎ》を刺す。

「お前は今日は見回りだ、二日連続でグロリアと抜けられたら困る」

メイナードは肩を落としていた。お仕事は大切だとリルは思う。

「それにしても、二人とも今日は可愛いな。ロザリンに貰ったのか？」

イアンはリルと琥珀の頭を撫でてやる。リルは上機嫌で髪も結ってもらったのだと報告する。イアンは目を細めて良かったなと言った。

リルが森の方を見ると、神獣達が木陰からチラチラ顔をのぞかせていた。どうしてこちらに来ないのだろうと首を傾《かし》げる。

「さっきまで木材を運んでくれた人達がいたからな、警戒しているんだろう」

リルは合点がいった。みんなにもう大丈夫だよと声をかける。

すると木陰からみんな姿を現した。

今日はクマとリスとウサギとタヌキとキツネがいる。

『水場ができたってタヌキに聞いたの、ありがとうね』

クマがそう言って木の実が沢山載った葉っぱのお皿をくれた。

「造ったのはメイナードさんとグロリアさんだよ。お礼を言ってたって伝えておくね」

『そうしてくれると嬉しいわ』

クマは遊んでいる他の子達を慈愛のこもった目で見つめている。みんなのお母さんみたいだなとリルは思った。

『ねえ、リル、これ何？』

それは以前メイナードが作ったブランコだった。リルが乗ってお手本を見せると、みんな乗りたがった。

小さい子達みんなでブランコにしがみついた所を揺らしてやる。

きゃっきゃと楽しそうな声が聞こえてリルも楽しくなった。

その後はクマに肩車をしてもらって遊んだ。ヘイデンに肩車してもらった時よりずっと視界が高くて面白い。クマは走ったり飛んだりしてくれてとてもスリリングだった。

イアン達はかなりハラハラしながらその光景を眺めていたのだが、リルは気がつかなかった。

「明日はアスレチックを造るんだよ」

リルがみんなに言うと絶対に明日も来ると言った。昨日水場ができる様を見るのがとても楽しかったようだ。

『森の中は退屈なんだ』

キツネが不満そうに言った。確かに森でずっと暮らしていたらそう思うだろう。リルはいつでも遊びにおいでと言ってキツネの頭を撫でた。

リルはその日いつもよりずっと早起きした。まだ眠っている琥珀を少し強引に起こして外に向かう。

そうしたらメイナードが既に起きて庭にいた。

メイナードは設計図とにらめっこしている。そして地面に棒で印をつけていた。

「メイナードさん、おはよう！」

「おはようリル、随分早起きできたね」

リルは楽しみでしょうがなかったのだと全身で訴える。

タックルしてきたリルを軽々と受け止めると、メイナードは笑った。

「絶対楽しいアスレチックにするから任せてよ」

リルはグロリアが起きてくるまで、メイナードのお手伝いをした。途中でウサギ達がやってきて、地面に印を付けるのを手伝ってくれる。ウサギは穴掘りが得意のようで、印の部分に小さな穴を掘ってわかりやすくしてくれた。

次にタヌキ達がやってきてウサギに先を越されたことを嘆いていた。タヌキはいつも感情豊かだなと、リルは笑ってしまった。

次にクマが、珍しく三頭もやってくる。力仕事のお手伝いに来てくれたらしい。人間は非力だから木材を扱うのは大変だと思ったようだった。優しいクマに感謝した。

印をつけ終わる頃、グロリアが慌ててやって来た。

「ごめんなさい、遅刻してしまいましたか？」

メイナードとリルは早起きしすぎただけだと笑う。グロリアはホッとしたようだ。

「さて何から始めましょうか？　魔力は満タンですから遠慮なく言ってください」

「印のある場所に柱を埋め込んで欲しいんだ。ちょっと多いけど、頼めるかな？」

グロリアは印のある場所に魔法で穴を掘った。そこにメイナードが柱になる木材を入れる。また魔法で土をぎゅっとして完成だ。

リルはすごいすごいと手を叩いて喜んだ。

するとクマ達が真似をして柱を建て始めた。クマは土の魔法が得意なのだそうだ。メイナードは同じように柱を立てる場所をクマに教えた。リルは通訳である。

最後の柱がもうすぐ立つという頃、グロリアが言った。

「せっかくだからリルもやってみますか？」

魔法使いリルの出番であった。リルは大きく頷《うなず》くと地面に穴ができるイメージをした。精霊に魔力を渡す。魔力を弱く細くするのも忘れない。すると地面には綺麗な穴が開いた。

「よくできました。今のは百点満点ですよ」

周りで見ていた神獣達が歓声を上げて褒めてくれる。いつの間にか神獣の種類が増えていた。

「次は固めてみましょうね。できそうですか？」

グロリアに言われ、リルは頷いた。

固まれ、固まれとイメージする。すると土はぎゅっと固くなって柱を支えた。

「リルは本当に覚えが早いですね。よくできました」

グロリアに拍手されてリルは誇らしげな気持ちになった。師匠に褒められるのは格別に嬉しい。

リルは残りの柱を埋めるのを手伝った。

ふと気になって、リルは柱の木材を持ってみる。重すぎて持ち上がらなかった。

「リル？　何してるの？」

「重すぎて持ち上がらないの、メイナードさんは軽そうに持ってるのに……」

メイナードは笑った。

「そりゃそうだよ、僕は『怪力』のスキル持ちなんだから！　団長だってそんなの持てないと思うよ」

新事実発見でリルは驚いた。メイナードは騎士にしてはかなり細身だ。なるほどスキルのせいなのかとやっと納得できた。

「クマさんとどっちが強いかな」

小さく呟《つぶや》いたが聞こえていたらしい。

一頭のクマが乗り気でメイナードに勝負を挑む。メイナードも挑発されたのがわかったのだろう。

乗り気でクマの手を摑《つか》んだ。互いに両手を握って押し合う。力は拮抗《きっこう》していた。みんな二人を応援している。

汗をかいたメイナードが最後の勝負に出た。雄叫びを上げて思い切りクマを押す。クマは唸《うな》りながら押し返そうとするも、敵《かな》わなかった。メイナードの勝利である。

メイナードは倒れたクマに手を差し伸べる。差し出された手をクマはグッと摑んだ。この瞬間確かに二人の間に友情が芽生えたのを感じた。周囲は大歓声である。

その後、朝食の鐘が鳴ったので一旦朝食に向かう。クマ達は水場で休憩するようだ。

リルは朝食の席であの歓声の理由を聞かれたので、メイナードがクマに勝ったことを伝えた。団員達は何を神獣と争ってんだという目でメイナードを見ていたが、リルは気づかなかった。

結果友情が芽生えたのだから、終わり良ければ全て良しだろう。

朝食が終わると、作業再開である。

メイナードは木の板を柱に渡して釘で打ち付け始める。これで空中に道ができるのだ。釘を打つ作業は神獣達にはできないので、森の見回りに行く前の騎士達も手伝っていた。リルは登るのは禁止と言われてしまったので、大人しく神獣達をモフモフしながら作業を眺める。

よく見ると、空中アスレチックは太陽の光を遮らない場所に建てられていた。お陰でヒョウとトラはご機嫌で日光浴を楽しめている。

空中に道ができると、騎士達はメイナードとグロリアを残して森の見回りに向かった。

次はアスレチックに障害物を設置していく。直進部分にハードルを設置したり坂道を造ったりする。グロリアが設計図通りに木材を加工して、クマさん達がそれを上に渡すのを手伝っていた。琥珀は完成図が見えてきてソワソワしている。

そして午後になってすぐに、アスレチックは完成した。

琥珀は大喜びで空中アスレチックを楽しんでいた、神獣は頑丈なので、アスレチックくらいの高さだったら落ちても問題ないという。

「さて、次は小さい子用だな」

メイナードが言った。小さい子用も作るつもりだったらしい。

メイナードは空中アスレチックの前にもう一つアスレチックを造り始めた。更に、カゴに紐《ひも》をつけてユラユラ揺れるブランコのようなものや、ツルツルの石材を使った滑り台まで造っていた。神獣達は大喜びである。リルがどれが好きか聞いてみると、ブランコが大人気だったので急遽《きゆうきよ》増設する。

気がつくとヒョウが近くに来ていた。

『あの揺れるの、私も欲しいわ。大きいのを造れないかしら。日の当たる場所に置いて欲しいの』

リルはヒョウの要望をメイナードに伝えた。メイナードはヒョウの体の大きさを測ると特注になるから数日待って欲しいと言った。

ヒョウは大喜びで森へ帰っていった。相変わらず自由である。

森から帰ってきた騎士達は絶句していた。琥珀の分だけではない。神獣のための巨大なアスレチックが完成していたからである。どう考えても一日で造ったとは思えなかった。

グロリアは魔力を使い切って、途中からリルに分けてもらっていた。お陰で二人とも疲労困憊《ひろうこんぱい》である。

イアンはメイナードを自由にさせたのは間違いだったと気づいたが、時すでに遅しである。神獣達はとても楽しそうにアスレチックで遊んでいた。神獣が喜ぶならいいかと、イアンは無理やり自分を納得させるしかなかった。

後日ヒョウのためのカゴブランコがネコ科の子達に大人気になり、大量に増産されることになるのはご愛嬌《あいきょう》である。

四章　クッキーと再会

Chapter Four

リヴィアンがリアの様子を見に行くと、リアはエルヴィスに抱き上げられていた。まるで母猫に首を噛《か》まれて運ばれる子猫のようだとリヴィアンは思った。エルヴィスはそんな顔もできたのかというくらい楽しそうだし、リアは何もかもを諦めたような表情をしていた。

しばらく来ない間に一体何があったのか。エルヴィスはリアを猫可愛《ねこかわい》がりしているようだった。

報告書の内容が日に日にほのぼのしてきていたからうまくやっているとは思っていたのだが、思っていたのとは何かが違うようだ。この女嫌いの息子の変わりように、十年後リアが自分の娘になっているかもしれないとリヴィアンは考えた。まあ、二人の年齢差は十歳くらいだしどちらに転んでも問題ないだろう。

「ちょうどリアがクッキーを焼いた所だったんですよ。父上もどうですか？」

受け取った報告書にリアがクッキーを焼いたと書いてあって、リヴィアンは興味を持っていたのだ。レイズ王国内でのリアの生活を調べた結果、リアがクッキーを作る暇などあるはずがなかった。リアもリルと同じく守護霊持ちなのかとリヴィアンは考えていた。

エルヴィス曰《いわ》く、本人に聞いてもはぐらかされるだけらしく本当の所はわからない。

リアの作ったクッキーを見て、リヴィアンは驚いた。思ったよりもずっとクオリティーが高い上に、見たことのない形だったからだ。

守護霊は血の繋《つな》がった親族であることが一般的なのだが、レイズ王国にはこんなクッキーがあるのだろうかとリヴィアンは考え込んだ。

エルヴィスは慣れた様子で紅茶を入れるとテーブルに並べた。エルヴィスがリヴィアンに紅茶を入れてくれるなどこれが初めてだ。お茶の入れ方なんて知っていたのかと、リヴィアンは普段は冷たい息子の変わりように寒気がした。

クッキーを口に入れるとちゃんと美味《おい》しい。リヴィアンが感心していると、作りすぎたからお土産に持っていってもいいとリアが言った。

リルにあげたら喜ぶだろうかと、リヴィアンはクッキーを持って行くことにした。

「それで、まだリルに会う気はないのかい？」

リヴィアンが問うと、リアは目を伏せて首を横に振る。

やはりこのままでは駄目だとリヴィアンは思った。


マーリンに乗って拠点に着くと、いつも通りリルと神獣達《たち》が出迎えてくれる。この場所は癒されるなと、リヴィアンは思う。

「今日はリルにお菓子を持ってきたんだよ」

リヴィアンが言うと、リルは中に案内してくれた。

「何しに来たんですか、兄上」

「ちょっとうちで預かってる子がクッキーを焼いたからね、持ってきたんだ」

イアンにだけ意味が伝わるようにリヴィアンは言う。

リルは一生懸命お茶を入れていた。

イアンは内心、なぜ元侯爵令嬢がクッキーを焼くことになったのかと思っていたが、口には出さなかった。

テーブルに出されたクッキーは色とりどりで、不思議な幾何学模様になっていた。イアンは初めて見るクッキーに困惑した。

「ボックスクッキーだ！」

リルが手を叩《たた》いて喜ぶ。その喜びようにリヴィアンは驚いた。

「食べたことがあるのかい？」

リヴィアンが聞くとリルは首を横に振る。

「『みちるちゃん』のお姉ちゃんがよく作ってたの」

リヴィアンはまさかと思った。自分の推測は当たっていたのかもしれない。リルの守護霊とリアの守護霊は、二人と同じように姉妹だったのではないか？　リアは守護霊の存在をはぐらかしていたようだが、彼女は用心深い。出会ったばかりの自分にやすやすと秘密を明かしたりしないだろう。

リヴィアンは帰る前にこの推測をイアンに話すことにした。

リルは大喜びでクッキーを食べている。また持ってきてやろうとリヴィアンは思った。

「ねえリル、お願いがあるんだ。このクッキーを作ったリアお姉さんに元気がなくてね。お手紙を書いて欲しいんだ」

リルは目を見開いた。この美味しいクッキーを作ったお姉さんにお礼が言いたかったリルは、二つ返事で了承した。リヴィアンに、手紙が書けたらこれで送ってと魔道具の鳥を渡される。

リルはリアお姉さんと文通できるのが楽しみだった。


リヴィアンはイアンに推測を話してからリアのもとに戻る。

リルにクッキーをあげて来たと言ったら困惑した顔をされた。

「リルがね、『みちるちゃん』のお姉ちゃんがよく作ってたクッキーだって言うんだ」

その瞬間、リアの顔色が変わった。

「『みちるちゃん』っていうのはリルの守護霊ね」

リアはそうですか、と言うと何も話さなくなってしまった。

彼女の悲痛に満ちた表情にリヴィアンはこれ以上の詮索をやめる。

「そうそう、リルにクッキーのお礼のお手紙を書いてとお願いしたんだ。ちゃんと返事を書くんだよ。返事がないと悲しくて泣いてしまうかもしれないからね」

リアは複雑そうな顔をしていたが、ちゃんと返事を書くことにしたようだ。

わかりましたと言うと、俯《うつむ》いてしまう。

リヴィアンは物事を真面目に考えすぎるリアを些《いささ》か心配していた。だから強制的に関わらせることにしたのである。

そうしないといつまで経《た》ってもリアは、リルに対する罪の意識に苛《さいな》まれ続けるだろう。

エルヴィスが俯くリアを見て非難の目を向けて来たが、リヴィアンは黙殺した。

かくして、姉妹の文通は始まったのである。

◇◇◇

その日リルは、窓を叩く音で目を覚ました。窓の方を見ると銀狼《ぎんろう》がいた。

リルは何か緊急事態だろうかと窓を開ける。すると銀狼が言った。

『この者がリルを捜していたのでな。連れて来たぞ』

見るとそこには小さなネズミがいた。

『やっと見つけた！　お嬢さん！』

「マロン!?」

それはリルが森に捨てられる前、地下の牢獄《ろうごく》でずっとリルの話し相手になってくれていたネズミだった。リルは涙が溢《あふ》れてきた。

「マロン、会いたかった！　元気にしてた？」

『もちろん、お嬢さんに会うまでは死ねないからね』

リルはマロンを抱き上げると頬ずりした。まだここに来てそれほど経っていないのに、懐かしくて堪《たま》らなかった。

『お嬢さんを捜して森の入口に行ったら、銀狼さんが連れてきてくれたんだよ』

リルは銀狼にお礼を言った。

「大切な友達なの、連れてきてくれてありがとう！」

『なに、その者の足ではここまで辿《たど》り着けそうもなかったからな。気にするな』

そう言って銀狼は去ってゆく。

「そうだマロン、私お父さんができたんだよ！　とってもカッコよくて優しいの、それでね、リルって名前を貰《もら》ったの、リル・ウィルソンって言うんだよ」

『じゃあこれからはリルと呼ぶよ。素敵な名前じゃないか！　よかったね、リル』

リルはマロンとお話ししていて涙が止まらなかった。それでも、ここに来てどれほど幸せだったか語り続ける。本当はマロンに誰より一番に聞いて欲しかったのだ。

マロンは出会った当初は単語くらいしか話せなかった。それでも一人ぼっちのリルのために一生懸命言葉を練習してくれたのだ。

ずっとずっと、リルが直接お話しできるのはマロンだけだった。

マロンは目を潤ませながらリルの話を聞いていた。本当に幸せそうで、我がことのように嬉《うれ》しかった。マロンはずっと祈っていたのだ。この傷だらけの小さな少女が、いつか幸せになれますようにと。

「この子はね、琥珀《こはく》って言うんだよ。銀狼族の族長が私の守役としてつけてくれたの」

琥珀はマロンに挨拶した。

『リルの守役としてはマロンの方が先輩ね。仲良くしてちょうだいね』

『僕はリルを守れなかった弱いネズミさ、強そうな守役がいて安心したよ。これからよろしくね』

そんなことないとリルは言った。

「マロンはずっと私を守ってくれてたよ！　あの暗い地下で唯一私に優しくしてくれた恩人だもん。マロンがいたから私は笑って暮らせたの。マロンは世界一カッコイイ私の親友だよ」

そう言うと、マロンは涙を流してリルが捨てられた日のことを語った。

『僕は間に合わなかったんだ。リルを森に捨てると聞いて、慌てて馬車に乗ろうとしたのに。一歩遅かった。それから必死に捜したよ。でも、森までは僕の小さな体ではなかなかたどり着けなかったんだ。やっとの思いで森に着いてリルのことを聞いて回っていたら、銀狼さんに助けられたのさ。……こんな情けない僕でも、親友と言ってくれるのかい？』

「もちろん！　ずっと一緒にいてくれるって約束してくれたでしょう？　私はマロンとずっと一緒にいたいよ！」

二人はしばらく抱き合って泣いた。手のひらに伝わるマロンの体温が懐かしくて再会できたことが嬉しくてしょうがない。

嬉しくても涙は出るんだなと、リルは思った。

一頻《ひとしき》り泣いて、リルはマロンをみんなに紹介したくなった。走ってまずはイアンの所に行く。

「お父さん、あのね、紹介したい子がいるの」

いきなり扉を開けて部屋に入ってきたリルに、イアンは目を白黒させた。リルの目には明らかに泣いた跡がある。

イアンはリルを抱き上げると続きを促した。

「あのね、この子はマロンっていうの。私の親友だよ。私のこと捜しに来てくれたんだ！　マロン！　この人は私のお父さんだよ！」

興奮しきったリルの言葉は要領を得なかったが、マロンという名に聞き覚えがあった。ここに来る前地下で仲の良かったというネズミのことだろう。

「また会えて良かったな、リル。よろしくマロン。マロンはリルと一緒にここに住むのか？」

リルはマロンを見つめる。マロンは可能なら一緒に住みたいと訴える。

「ここで一緒に暮らしたいって！　いいでしょ、お父さん！」

「もちろんいいぞ。あとでみんなに紹介しような……ところで、マロンは神獣様だったんだな。普通のネズミだと思っていたから驚いたよ」

「私もここに来てから初めて知ったの、ネズミはみんなお話しできると思ってた」

『僕は人間の領土に住んでる変わり者だったからね。神獣と気づかないのも無理はないよ』

マロンの言葉を通訳したら、イアンが疑問を投げかける。

「どうしてわざわざ人間の領土に？」

『冒険がしたかったのさ！　世界中のあらゆることを知りたかった。リルに出会って、目標は変わってしまったけどね』

イアンは笑ってしまった。色々な神獣がいるものだと思う。リルが来てから、イアンは神獣をより身近に感じるようになった。神獣も人間も考えることはそう変わらないのかもしれない。


リルは朝食の席でマロンを紹介した。みんな温かくマロンを受け入れてくれて安心する。

ロザリンは朝食後にリルを呼び止めると、マロン用にとクッションをくれた。追加でリボンも作ってくれるそうだ。マロンともお揃《そろ》いにできるのが嬉しくてリルはロザリンに感謝した。

朝食が終わると、リルはマロンをお風呂場につれてきた。ずっと街や森を駆けてきていたマロンの体は汚れてしまっている。

温泉に着いて、桶《おけ》に湯を汲《く》むとマロンを入れる。マロンは温泉がとても気に入ったようで満足げだ。

『これはいいね……リル、ここはとってもいい場所だね。リルが保護されたのがここで良かったよ』

「うん、ここは最高の場所だよ」

マロンは桶の中で洗われながら、リルに聞いた。

『リルは今幸せかい？』

「もちろん、きっと世界一幸せだよ！」

『リルの幸せが僕の幸せだ。僕は世界一幸せなネズミってことだね』

マロンは戯《おど》けたように言った。二人で笑い合う。

地下にいた時と変わらないやりとりだが、あの時とは違って二人は本当に幸せだった。


リルは早速リアお姉さんへの手紙にマロンのことを書くことにした。

クッキーのお礼の手紙に返信があったのだ。一緒にクッキーも添えてあった。

「あのねマロン、リアお姉さんがくれたクッキー、『みちるちゃん』のお姉ちゃんのクッキーと同じ味がするの。きっと素敵なお姉さんなんだろうな」

リルがそう言うと、マロンは少し悲しそうな顔をした。

どうしたのとリルが問うと、マロンは言った。

『リルの双子の姉のミレイユが、僕によくクッキーをくれたんだ、他のメイド達は僕を見つけると箒《ほうき》を持って追いかけてくるのに、ミレイユは優しくしてくれた。僕はミレイユのことも心配なんだ』

リルは自分のお姉ちゃんのことはほとんど知らなかった。マロンによると、お姉ちゃんもリルの存在を知らなかったらしい。

『僕はきっと二人が出会えたら、仲のいい姉妹になれると思っていたんだ。リルはミレイユのことが嫌いかい？』

リルは首を横に振った。会えるものなら会いたいと、ずっと願っていたのだ。だって『みちるちゃん』のお姉ちゃんはとても優しい人だった。自分にもそんなお姉ちゃんがいたらなと、ずっと憧れていたのだ。

「私を閉じ込めたのはお父様とお母様で、お姉ちゃんは何も知らなかったんでしょう？　なら嫌いになったりしないよ」

マロンは安心したような顔をした。

『ミレイユもここで一緒に暮らせたらいいのにな』

マロンの言葉にリルは本当にそうなったら嬉しいのになと思った。でもきっとお姉ちゃんは祖国で幸せに暮らしているのだろうと、リルは一度も会えないままのお姉ちゃんに想《おも》いを馳《は》せた。

五章　温室とあったかスポット

Chapter Five

その日はリルが拠点に来て初めて雨が降った。

リルは神獣達《たち》と外で遊んでいたのだが、空からポツポツと雫《しずく》が降ってきたのだ。リル達は慌ててアスレチックの下に避難した。

『すぐ止《や》むよ』

雨の気配に敏感な鳥達がそう言う。通り雨なのだろう。

リル達は雨が止むのをのんびり待つことにした。

雨粒がアスレチックに当たって色々な音を立てる。地下育ちでほとんど雨を知らないリルはそれがとても面白いと思った。鳥達も雨に合わせて歌い出す。

まるで演奏会だ。ウサギやタヌキ達も飛び跳ねて踊っているようだ。リルは楽しくなってしまった。

『僕達も踊ろうか？』

マロンの言葉にリルは飛び跳ねた。銀狼《ぎんろう》やトラ達も音楽に合わせてシッポを振っている。それは楽しい時間だった。

雨に気づいた留守番組のヘイデンが慌てて傘を持ってくるが、その光景を見て笑っていた。

ヘイデンは倉庫から使っていない金属の鍋などを持ってくる。すると音の種類が増えて、鳥達はそれに負けじと大きな声で歌い出す。

リルはヘイデンに持ち上げられてクルクル回された。一緒に手を取って踊る。ヘイデンはダンスが上手《うま》いようだ。

タヌキ達は楽しそうに足元を走り回っていて、みんな笑顔だった。

次第に雨が止んでゆく。リルは少し寂しかった。

ヘイデンがまた降るよと言ってリルの頭を撫《な》でた。

見回りに行っていた騎士達がずぶ濡《ぬ》れで帰ってきた。

森の巡回を早く切り上げてきたようだ。

みんなお風呂に入るようだったのでリルも一緒に入ることにした。

琥珀《こはく》とマロンも一緒だ。マロンは男の子だがネズミなのでいいのである。

「急に降り出したけどリルは大丈夫だった？」

ロザリンに聞かれたので、リルは雨宿りをした話をした。

「楽しそうで羨ましいです」

グロリアは参加したかったようだ。

また今度雨が降ったらお誘いしようとリルは思った。

リルは石鹸《せっけん》を泡立てて琥珀を洗ってやる。雨が降っていたから足が泥んこだ。

大きな琥珀を一生懸命洗っていると、マロンが手伝ってくれた。小さな手で頑張って琥珀の足を綺麗《きれい》にしている。琥珀はくすぐったそうだ。

見かねたグロリア達が手伝ってくれる。

温泉に浸《つ》かりながらリルは思った。教えてもらった暦でいったら、今は秋のはずだ。冬になったら雪は降るのだろうか。

グロリア達に聞いてみる。

「雪は沢山降りますよ、冬になったらみんなで雪かきしましょうね」

沢山降ると聞いてリルはとても楽しみになった。

『みちるちゃん』の記憶の中でも、雪の記憶はあまりない。雪だるまやカマクラを作ってみたかった。

そういえば、神獣達は冬眠するのだろうか？

リルは少し心配になった。

冬になったら会えなくなる子がいるかもしれない。

「神獣は冬眠するの？」

恐る恐る琥珀に聞いてみる。

『神獣と魔物は冬眠なんてしないわ。冬の間は魔物を狩って食べたり、草食の弱い子は秋の間に食べ物を集めていたり、強い子から魔物のお肉を分けてもらったりするのよ』

草食なのに一応お肉も食べられるらしい。神獣は胃が強いんだなとリルは感心した。

『草食の子はあんまりお肉を美味《おい》しく感じないから、仕方なく食べるって話さ』

マロンが湯の入った桶《おけ》ごと温泉に浮かんで言った。そうするとお湯が冷めなくていいらしい。

しかし、お肉は美味しくないのか、なら温室を造って冬も果物を育てたらどうだろうとリルは思った。

「グロリアさん、魔法で温室って作れますか？」

「温室？　魔法というより魔道具なら部屋を温めるものがありますよ」

リルは喜んだ。コレで果物を育てられる。

「リルちゃん、神獣さんのために温室を造るの？　またメイナードが張り切るわね」

ロザリンの言葉にリルは気がついた。

そうだ、メイナードならきっと素晴らしい温室を造ってくれるだろう。リルは彼にお願いしようと決めた。

お風呂からあがると、リルは早速メイナードにお願いをした。

メイナードは快く了承して、早速設計図を描き始めた。実に楽しそうであった。

イアンはもう諦めたらしく何も言わない。

ただリルに果物の育て方を教えられる人がいただろうかと心配していた。今度本を買ってこようと思った。

しかし植物を育てるのは情操教育に良さそうだと考えたイアンは、もうすっかり立派なお父さんだった。結婚などしていなくても、父にはなれるものである。

一方メイナードはいくつか温室の案を出していた。ガラスの温室にビニールハウスのようなもの、リルはどれにしようか迷った。

結局カッコイイガラスの温室を選んだ。

マーティンが記憶の中から、短期間で収穫できる果物をリストアップしてくれた。お茶が趣味の彼は、以前植物図鑑を読んだことがあるそうだ。

ロザリンは可愛《かわい》い作業服を作ってくれるという。リルはとてもワクワクした。

ヘイデンは何かしようとしたが、できることが見つからなかったらしく項垂《うなだ》れていた。彼はいつもそんな感じだが、リル的には彼はムードメーカーだと思っている。いちばん楽しい人だ。

リルは温室の完成が楽しみだった。


今日は温室を造る日だった。リルは楽しみで早く目が覚めた。

お腹《なか》を出して寝ていた琥珀とマロンを起こして外に出ると、草食の神獣達が大集合していた。

神獣達には事前に温室を造ることを伝えてあった。

その結果、草食代表であるウサギとシカが大勢やって来ていた。冬の食料事情はリルが思っていたよりも深刻だったのだ。冬に美味しい果物が食べられるならとお礼を言いに来ていた。

そして久しぶりにクマも来ていた。今回もお手伝いに来てくれたらしい。前回メイナードと戦ったクマもいる。

『冬に向けて温室を造ってくれるって聞いたわ。本当にありがとう。特にシカは毎年可哀想《かわいそう》でね、見ていられなかったの』

クマは弱い子達を守るのが仕事みたいなものだった。しかし食料に関してはどうすることもできずにいたのだ。

リルのアイディアは弱い神獣達にとって救いだった。

みんなとお話ししていたらメイナードが起きてきた。

シカとウサギの大群にかなり驚いていたが、事情を聞いてもっとやる気になったようだ。必ず立派な温室にすると張り切っていた。

今回の温室は組立式だった。事前にガラスに金属の枠を付けてもらっていたのだ。その枠を繋《つな》ぎ合わせることで温室になる。

ガラスは断熱性と強度が魔法で上げられているらしく、高級品らしい。イアンが冬の神獣のためと申請したら予算がおりたそうだ。

そして今回のことは国で議題に挙げられ、他の聖騎士の拠点でも同様の物を造ることにしたと聞いた。

リルは『通訳者』として初めて国から依頼を貰《もら》った。内容は森にいる鳥達にお願いして、他の場所にいる神獣達に、冬場に拠点へ行けば食料が貰えることを伝えて欲しいというものだ。

お願いしたら鷹《たか》達が快く引き受けてくれた。彼らも草食の子達を気にかけていたのだ。

リルは沢山報酬を貰った。神獣とお話しするだけでお金が貰えるのは不思議な気分だが、それくらい神獣はこの国にとって大切なのだ。

リルは少し考えを改めることにした。沢山神獣達と交流して、もっと人間と神獣が仲良くなれるように頑張ろうと決めた。

メイナードとクマが温室を組み立てる。ガラス一枚一枚が重すぎて、リルは手伝えなかった。今回はグロリアの出番もないようだ。

リル達はみんなで組立作業を応援する。

屋根を組み立てる作業ではハラハラしてしまった。あんな重い物を落としたら大惨事だ。

クマが手伝ってくれたのが良かったのだろう、朝食を挟んでから一時間ほどで温室が完成した。

リルが入ってみたらちゃんと暖かかった。

ウサギとシカ達は大喜びで温室の周りを回っている。

温室が完成したら、次は鉢植えを運び入れる作業である。

リルはロザリンが作ってくれた作業服に着替える。汚れが目立たないように茶色なのだが、所々にレースがあしらってあって可愛らしい。

リルは果物は苗から育てるものだと思っていたが、それだと年単位の時間がかかるらしい。国が既に育っている鉢植えを用意してくれたので、それを温室の中に運び入れた。

果物は育てるのに手間のかからないものを用意してくれたらしく、マニュアルも薄かった。

これらの他になにか育てたいものがあれば自由に育てていいらしい。

見た所ベリー系が多いので、リンゴを育てたいとリルは思った。『みちるちゃん』の記憶では、ウサギはリンゴが好きだったはずだ。

果物の他には野菜も育てるらしく、温室に土を入れてゆく。

育てるのは収穫に二ヶ月程度しかかからない野菜達だ。リルは今から収穫が楽しみだった。

草食の子達は興味津々で温室を覗《のぞ》き込んでいる。

ガラス越しに目が合うのが面白くてリルはつい笑ってしまった。

結局全ての作業が終わったのは夕方だった。見回りに行っていた騎士達が戻ってきて温室を褒める。ウサギ達も一緒に拍手していて可愛らしかった。

リルは手伝ってくれたみんなにお礼を言って拠点の中に入った。神獣達も元の住処《すみか》へ帰ってゆく。

夕食を摂《と》りながら、リルは他にも神獣達のためにできることがないか考えていた。しかし、そんなに都合よく考えは浮かばない。

『そんなに悩むことじゃないさ、何かあってから考えたらいいだろう？　今の所みんな楽しく暮らしているんだから』

マロンが気楽にいこうとリルを慰める。

『そうよ、一人でそんなに考え込む必要ないわ。毎日私達みんなとお話ししてたらきっと何か思い浮かぶわ』

琥珀もそう言ってくれた。リルは確かにお話しすることが一番大切だと気づく。

だって神獣とお話しできるのはリルだけなのだから。一人で悩んでもしょうがないのだ。

もっと沢山神獣達とお話ししようとリルは誓った。


リルはリアお姉さんに手紙を書いた。リアお姉さんはやっぱり『みちるちゃん』のお姉ちゃんに似ていると思う。神獣のための温室を造ったこと、ゆっくり神獣が快適に過ごせる環境を作っていきたいと思っていること。書き出したらキリがなかった。リアお姉さんの返信は短いが、最近剣術の稽古に明け暮れていることを教えてくれた。

剣術もできてクッキーも作れて、字も綺麗なリアお姉さんはリルの憧れになった。

◇◇◇

最近、リルのお仕事に落ち葉掃除が加わった。急に寒くなってきて、もうすぐ冬が訪れる。拠点は広大な敷地に建てられているので、落ち葉掃除は大変である。毎日山のように落ち葉が集まる。リルが箒《ほうき》で落ち葉を集めていると、ヘイデンが芋を持ってやって来た。これも最近恒例となりつつある。

一生懸命集めた落ち葉で焼いた焼き芋は格別に美味しいとリルは思っている。

芋を焼いていると、神獣達が集まってくる。寒いからみんな焚《た》き火《び》に当たりたいのだ。今でこんなに寒いなら冬場の神獣達のためになにか用意した方がいいかもしれないとリルは考えた。

何がいいだろう。コタツ？　パネルヒーター？　『みちるちゃん』の記憶から良さそうなものを探した。床暖房、これが良いかもしれない。雪かきの手間も省けて一石二鳥だ。

そんな魔道具が作れるだろうか。後でメイナードに聞いてみようとリルは思った。

「よーし焼けたぞ、食べよう」

焼きあがった焼き芋はとても美味しそうな匂いを放っている。リルは半分に割ると、神獣達にも分けてあげた。特にキツネは焼き芋が大好きだ。

ヘイデンも多めに焼いた焼き芋を神獣達のために解《ほぐ》してやっている。最近ヘイデンは神獣達に美味しいものをくれる人と認識されているらしく、何も持っていなくても擦り寄って来てくれるようになったと喜んでいた。

焼き芋はちゃんと中まで火が通るように、蒸してから焼いているので中はホクホクだ。

リルはいちばん美味しい所は沢山食べられないマロンにあげた。琥珀は一本まるまる食べている。

リルがこの拠点で暮らすようになって数ヶ月経《た》った。ここでの暮らしにもすっかり慣れた。最近は沢山食べられるようになってきて、少し大きくなった気がしていた。リルはとても幸せだった。

拠点の中に戻ると、メイナードを捜す。神獣達のためのあったかスポットの相談だ。

メイナードは食堂でお茶を飲んでいた。

リルは早速相談すると、地面に埋め込む暖房の魔道具があると教えてもらった。貴族のお屋敷の庭でよく使われるものらしい。

二人でイアンに相談しに行った。

イアンが言うにはこの拠点は、神獣との友好のためのモデルになっているそうだ。だから大抵の許可は下りるだろうということだった。リルは嬉《うれ》しくなった。ほかの拠点でも神獣達と聖騎士達が仲良くなれればいいなと思った。

魔道具が届くのは早くても三日は掛かるだろうということだ。むしろそんなに早く届くのかとリルは驚いた。

騎士達が見回りに行った後、リルは庭でみんなに暖かい魔道具が届くことを説明していた。みんな嬉しそうにしている。冬に会えなくなってしまうのは寂しいから、拠点をどんどん快適にしていこうと決めた。

今日の留守番のメイナードがリルのもとに走ってくる。何でも暖房の魔道具を敷く場所に屋根を設置するのだそうだ。リルは魔法でお手伝いすることにした。

『がんばれー』

神獣達が応援してくれる。リルは言われるがままに木を切った。かなりの数だった。雪が勝手に落ちるように傾斜のキツイ斜めの屋根にするらしい。不思議な屋根だなとリルは思った。

切った木を前回のように地面に埋め込んで柱を作る。そこに板を張って屋根を作ってゆく。傾斜が急な屋根の上に乗って作業をするメイナードをハラハラしながら見守った。そして騎士達が帰ってくる頃、あったかスポットの屋根が完成したのである。

帰ってきたイアンは頭を抱えた。また大きな建造物が増えている。神獣達が喜んでいるので別に悪いことではないのだが、せめて許可をとってからやって欲しいと思う。おそらくメイナードの中では暖房の話をした時に、それ関連を全て許可されたことになっていたのだろう。

最近、メイナードはなぜ騎士になったのかと疑問に思うイアンだった。

その日の夕食では、リルは魔力を沢山使ったのでお腹が空《す》いていた。いつも以上に沢山食べるリルを見てみんなホッとした。

もうすぐ冬になる。冬になると森は雪で閉ざされ、人の出入りが困難になるので、もっとリルと一緒にいてあげられるだろう。

イアンはその時が待ち遠しかった。

◇◇◇

それは早朝のことだった。リルは大きな風の音で目を覚ました。

マロンと琥珀も起きて首を傾《かし》げる。

『この気配は……リル、急いで外に出ましょう』

何やら琥珀が慌てている。

リルは緊急事態だと思って、急いで着替えて外に出た。

そこにいたのは以前琥珀を送り届けてくれたドラゴンだった。

『すまないな、ゆっくり降りたつもりだったが、翼の音で起こしてしまったか？』

「大丈夫です。また来てくれてありがとうございます」

リルは丁寧にお辞儀をした。このドラゴンは千年以上生きている大先輩だということを思い出したのだ。

『最近銀狼達の噂《うわさ》で、ここが神獣達の憩いの場になったと聞いてな、様子を見に来たのだ。ここにあるのは手土産だ、受け取ってくれ』

そこにはリルより数倍大きな魔物の死体があった。リルはあまりの大きさに驚いてしまった。

「ありがとうございます！」

ドラゴンはぐるりと玄関前の広場を見回すと笑った。

『また短期間で様変わりしたものよ。人間の技術力はこれだから侮れぬ』

「聖騎士のメイナードさんがほとんど造ってくれたんです！　みんなで使える水場と、アスレチック、温室もあります！」

リルが簡単に説明するとドラゴンは上機嫌で言った。

『ほう、そうか。どれ、この老いたドラゴンに詳しく教えておくれ』

リルは喜んで説明した。朝から遊びに来ていた神獣達も加わって、アスレチックがどれほど楽しいか一生懸命説明してくれた。

ドラゴンは優しげに目を細めてそれに聞き入っていた。

『ここ数百年はなんの動きもなく退屈していたが、久しぶりに楽しめた。礼を言うぞ、リル』

「退屈ならいつでも遊びに来てください。明日は冬に備えて地面を暖かくする魔道具を設置するんですよ！」

リルが言うとドラゴンが驚いた。

『そんな魔道具まであるのか、人間はやはり面白いことを考えるのう……しかし、神獣達のためにここまでしてくれて感謝するぞ。弱き者達はこれで安心して冬を越せるだろう』

リルは嬉しくて笑った。自分のしたことは間違っていなかったとそう思えたからだ。

『ウィルスの奴《やつ》が死んでから『通訳者』が現れなかったからな、どんどん人間と神獣の距離が開いていくのを憂えておったのだ』

そう言ったドラゴンは悲しげだった。ウィルスとは初代国王のことだ。きっと仲の良い友人だったのだろうとリルは悲しくなった。

『リルはまだ若い。後数十年は退屈せずに済みそうじゃ。どうかまた神獣と人間が共にあれるようにしておくれ』

「まかせてください！」

リルは気合を入れて両手の拳を握る。ドラゴンは大笑いした。

そして好々爺《こうこうや》のドラゴンは去っていった。またすぐ来ると言ってくれてリルは嬉しくなった。

リルはドラゴンを見送った後、すぐ騎士達に事情を聞かれた。

どうやら途中からずっと見ていたが、楽しそうだったので間に入らなかったらしい。

様子を見に来てくれただけだと言うと、騎士達は安堵《あんど》していた。

貰ったお土産を指さすとみんな大興奮していた。

この魔物は森の奥のさらに奥、秘境と呼ばれる場所にしかいないのだそうだ。とっても珍しいものをくれたのだなと、リルは改めてドラゴンに感謝した。

ドラゴンが帰った後、リルは朝から拠点に来ていてくれた子達と改めて遊んだ。みんなもドラゴンに会えたことが嬉しかったらしく、口々にカッコよかったと言っている。神獣の間でもドラゴンは憧れの存在なのだろう。リルは聞いてみた。

「ドラゴンは沢山いるの？」

『いないよ』

『五匹だけだよ』

さらに聞くと、ドラゴンは世界に五匹しか存在することができないらしい。神獣達の数も増えすぎないように神様が制御しているのだそうだ。

『だから神獣はあまり子供を産まないわ、銀狼族なんて私が一番若いくらいだもの』

確か琥珀は四十歳くらいだったはずだ。リルは驚いた。

「残念、いつか神獣の子供が見られると思ってたのにな」

それはきっと可愛いだろうと考えていたのだが、あまり生まれないのなら仕方ない。


その後みんなと鬼ごっこをして遊んでいたら、ヒョウが何かを二匹連れてやって来た。小さいヒョウだ！　リルはあまりの可愛さに感動した。

『子供が見たいと言ったから連れてきたわ』

子ヒョウは二匹とも母親の後ろに隠れてしまっている。緊張しているようだ。

『考えてみたら、森よりここの方が安全なんだから、連れてきても良かったのよね』

子ヒョウは生まれて三ヶ月ほどらしく、タヌキと同じくらいの大きさだった。三ヶ月でこんなに大きくなるのかと感動した。

「はじめまして、リルだよ」

『はじめまして』

『こんにちは』

挨拶すると、母親の後ろに隠れたまま返事をしてくれる。

抱っこしてモフモフしたい。リルは必死にその衝動と闘っていた。

「そうだ、おやつがあるよ」

リルはポーチの中からジャーキーを取り出した。みんなで食べようと思っていたおやつだ。

リルはジャーキーを振って二匹を呼び寄せる。誘惑に抗《あらが》えなかったらしい二匹は近づいてきてくれた。

二匹はジャーキーの匂いを嗅ぐと食べ始める。もぐもぐ動く口が可愛い。

「触ってもいい？」

『いいよ』

『しょうがないな』

ジャーキーで仲良くなれたようだ。リルは二匹を一緒にモフモフする。本当に可愛くてしょうがなかった。

会わせてくれたお母さんヒョウに、ありがとうと言ってジャーキーをあげる。今度からは毎回連れてきてくれるらしい。

リルは嬉しかった。

二匹とも他の神獣達に挨拶をしている。小さい子達がお話ししている光景はやはり可愛い。リルはその光景を見て和んだ。

拠点に戻ると、リアお姉さんからの返事とクッキーが届いていた。
神獣達もクッキーが大好きだという話をしたら、クッキーの量が倍近く増えていた。やっぱりリアお姉さんは優しい。
子ヒョウがとても可愛かったことをお手紙に書く。リアお姉さんも遊びに来られたらいいのにな
とリルは思った。

◇◇◇

今日は神獣達のためのあったかスポットを造る日である。張り切ったリルは早起きした。寝ぼけ眼《まなこ》のマロンを起こしていると、大きな風の音がした。昨日と同じ音だ。

気づいたリルは玄関に走る。思った通り、ドラゴンのお爺《じい》さんがいた。

『おはよう、リルよ。冬支度の費用の足しになればと思い、これを持ってきたぞ』

「おはようございます！　なんですか？　これ？」

リルはドラゴンの差し出した真っ黒な大きな石を不思議そうに眺めた。

『それは人間が好む鉱石だ。森の奥深くにしかないのでな、人間の世界では希少価値が高いものだ』

「そんな希少なもの、貰っちゃっていいんですか？」

リルは心配になって聞いた。

『なに、人間の世界では希少というだけだ。私の住処には沢山ある。神獣のために住み良い環境を提供してくれるというのだ。最古のドラゴンとしてこれくらいの礼はすべきであろう』

「ありがとうございます。お金を出してくれた人に渡しますね」

ドラゴンはそうしてくれと言うと、また空高く飛び立った。

「リル、ドラゴンは何の用事だったんだ？」

気がついたらリルの後ろに騎士達が揃《そろ》っていた。

「お父さん。あのね、神獣のための冬支度の費用の足しにしてくれって、これを貰ったの。お金を出した人に渡すって約束しちゃった」

イアンは石を見て頭を抱えた。費用の足し所ではない。この鉱石一つで同じものが百は造れる。

これは間違いなく伝説のオリハルコンだ。ドラゴンの住処にしか存在しないと言われる石だ。

とりあえず早急に国に持って行ってもらおうと、イアンは決めた。


さて、ドラゴンの来訪があったが、今日の目的は暖房の設置である。まずは三十センチくらいの深さの大きな穴を掘るらしい。

リルは魔法で頑張った。あっという間に浅くて広い穴が空いて、みんな大興奮だ。

次はその穴に砂利を敷く。十センチくらいが、小さな砂利で埋まった。

そうしたらそこに、何かの箱に繋がったパネルを並べる。パネル同士も繋げることができて、一つずつ繋げながら敷いてゆく。

聞いたら箱はスイッチのある制御装置らしい。そしてパネルが暖かくなるのだそうだ。夏は涼しくもできるらしい。

仕上げにパネルを敷いた穴にセメントのようなものを流し入れる。固まったら完成だ。

今回も一時間程度で固まるようだ。みんなソワソワしながら待っている。

固まるのを待つ間、リルはみんなでおやつタイムにすることにした。

昨日のドラゴンが持ってきてくれたお肉が沢山あるので、ミレナがせっせと燻製《くんせい》にしてくれたのだ。

草食組には木の実で申し訳ないが、みんなで食べることにした。

濃厚な味のする燻製は琥珀の大好物だ。普通のお肉より好きらしい。

昨日会った子ヒョウ達は二匹で燻製を取り合っている。母ヒョウに叱られてションボリしていたので、二個分けてあげた。

『ありがとう』

『やったー』

甘やかさないでちょうだいと母ヒョウに叱られてしまったが、可愛かったからしょうがないとリルは思う。

ヒョウの子供達を見たロザリンとグロリアが可愛いとはしゃいで、触らせてもらっていた。

やっぱり可愛いは正義だと『みちるちゃん』も言っている。


セメントのようなものが乾くと、そこは白い大理石を敷き詰めたようになっていた。リルは思わずメイナードの方を見てしまう。

「ははは、不思議だよね。魔法がかけてあって、乾くと色が変わるんだよ」

なんだかとても高級感のある質感になっていて、魔法ってすごいなとリルは思った。

リルはメイナードに言われるまま制御装置のスイッチを押した。

すると、稼働したらしく制御装置が光っている。

どれくらいで暖かくなるんだろうとワクワクしながら石床に手をついた。

神獣達もみんな石床に乗ってくる。するとだんだん暖かくなってゆくのがわかる。それはちょうどいい暖かさだった。

神獣達が石床の上で溶けている。かなりホカホカで気持ちいいらしい。

冬場は毛布なんかを持ち込んでもいいかもしれない。あとでお願いしようとリルは決めた。

『これ最高だよー』

『ずっとここにいたい』

好評すぎてみんなここから離れないかもしれない。

特にネコ科の子達は大きいのにかなり気に入ってしまったようだ。

みんな巨大な団子のようになって石床の上にいる。

「これは増設が必要だな……」

イアンが呆《あき》れたような声で言った。

「そうだね、お父さん」

冬が来る前にもう一回頑張って造ろう。騎士達とリルは、神獣達を眺めながら思った。


リルは今日もリアお姉さんにお手紙を書いた。神獣のためにあったかスポットを造ったお話だ。前回の温室の話でリアお姉さんはリルのことをとても褒めてくれた。きっと今回も優しい言葉をかけてくれるだろう。リルは返事がくるのがとても楽しみだった。

◇◇◇

「お買い物？」

リルはイアンの言葉にキョトンとしてしまった。

「そうだ、一緒に街に行ってお買い物しよう」

リルはその言葉を理解するのに少し時間がかかった。お買い物なんて今まで一度もしたことがなかったからだ。

イアンはリルに体力がつくのを待っていた。最近は神獣達との遊びのおかげで体力がついてきたので、そろそろ良いかと思ったのだ。

「お買い物、行っていいの？」

意味を理解したリルはワクワクした。ショッピングは楽しいものだと『みちるちゃん』も言っている。

「もちろん、リルが好きなものを買いに行こう」

「やったー！　楽しみ！」

リルは飛び跳ねて喜んだ。初めての買い物だ、何を買おうか考える。

イアンは買い物に行く前に、リルにそれぞれのお金の価値と使い方を教えた。そしてリルのカバンに銅貨を沢山と小銀貨を少し入れてやる。リルは計算が得意だから、きっと予算内で上手に買い物できるだろう。お金に関する教育ではイアンはリルを甘やかすつもりはなかった。

そしてリルに、街では絶対に自分から離れないようにと言いつける。リルはしっかりと頷《うなず》いた。

街には神獣は連れて行けないらしい。リルはそれだけが悲しかった。なんだか途端に不安になる。

『不安に思うことなんてないさ、お父さんがいるだろう？　帰ってきたら沢山話を聞かせておくれよ』

マロンと琥珀はリルを慰める。

馬に乗る準備をしていると、神獣達が集まってくる。

『お出かけ？』

『どこに行くの？』

「あのね、お父さんと街に買い物に行くんだよ」

みんなリルを応援してくれた。

『行ってらっしゃい！』

神獣達は総出でリルのお見送りをした。

イアンと一緒に馬に乗って街に向かう。リルは馬に乗るのは初めてで少し怖かった。

街に到着するとリルは感動した。思っていたよりずっと大きな街だったのだ。

イアン曰《いわ》く王都との中継地点の街らしい。王都はもっと大きいのだそうだ。

イアンは人混みの中をリルを抱き上げて進む。リルがあまりにキョロキョロとして危なっかしかったからだ。視界が高くなったリルには店の様子がよく見えるようになった。何やら美味しそうなものが沢山売られている。ここは食品が多いらしい。

イアンはゆっくりと歩いて、やがて日用品を多く売っている通りに出た。リルは可愛らしい雑貨屋さんやおもちゃ屋さんを見つけて大騒ぎだ。

どこを見ても目移りしてしまって何を買うかなかなか決まらない。でもリルには一つだけどうしても欲しいものがあった。

「ねえお父さん、ブラシを売ってるお店あるかな？」

「ブラシ？……神獣様用か？」

イアンは思わず笑ってしまった。一番欲しいものがそれなのはさすがに予想外であった。

イアンは動物関連の物を売っている店にリルを連れていく。この辺りでは一番大きな店だから、きっとリルの気に入るものが見つかるだろう。

リルは店内に入って感動する。ブラシだけでなくみんなが好きそうなおもちゃなども売っていて、つい衝動買いをしそうになった。

リルはまずブラシを見る。神獣は色々な大きさがいるのでかなり悩む。イアンにも相談して三種類のサイズのブラシを買うことに決めた。

その後おもちゃも見てみる。前に遊んだフライングディスクや音の鳴るボールなど、色々あって悩んでしまった。結局値段の安いボールを数種類買ってお土産にすることにした。

「上手に買い物できたな」

お会計をしてイアンに頭を撫でてもらうと、なんだか誇らしい気持ちになった。お金を払う時はちょっと緊張したのだ。

「次はリルの欲しいものを買おうな」

イアンはまたリルを抱き上げて先程の通りを歩く。リルは悩んだ。お人形も可愛いし、アクセサリーも可愛い。悩んだ末に綺麗な絵の描いてある小箱を買った。宝物入れにするのだ。

イアンは実用的なものを買ったリルに感心する。子供はおもちゃを選ぶものだと思っていたからだ。

だがリルらしいのかもしれないと思い直す。だってリルは一人遊びをすることがない。いつも沢山の神獣がそばにいるのだから。

リルは他に必要なものはなかったか考えて、思い出した。可愛いレターセットが欲しかったのだ。リアお姉さんの使っているレターセットが可愛くて、リルも可愛いお手紙を返したいと思っていた。

文具店に行くと色々なレターセットがあった。リルは悩んで、綺麗なお花が描かれたレターセットを買った。この花はリルの花だ。リルの名前の由来になった、大好きな花だった。このレターセットでリアお姉さんに手紙を書いたらきっと素敵だ。リルは上機嫌で買い物を終わらせた。

イアンはそんなリルを微笑《ほほえ》ましげに見ていた。二人が早く一緒に暮らせるようになればいいとイアンは願った。

帰りに屋台で売っているお菓子を買って二人で食べた。

そしてリルの初めての買い物は終了したのである。

初めてのことで疲れたのだろう、リルは帰りの馬の上で眠っていた。

拠点に帰ると神獣達が総出でお出迎えしてくれた。リルを起こすと、リルは眠っていたことも忘れて神獣達のもとに報告に行く。

イアンはそんなリルを微笑ましく見守った。

リルは買ってきたボールを取り出すと、みんなで遊ぶ。初めてのお買い物はリルにとって大成功だった。

◇◇◇

寒さが厳しくなってきた冬の日。リルは三倍に増やしたあったかスポットで、おやつのボックスクッキーを食べていた。

このクッキーはリアお姉さんが定期的に大量に送ってくれる、リルの大好物だ。マロンと琥珀、神獣達にもよく分けてあげている。このクッキーは『みちるちゃん』が大好きだったクッキーにそっくりだ。

食べるとなぜか心がポカポカする。そんなクッキーだった。

クッキーを食べながら空を見上げていると、不意に空から白い小さな粒が落ちてきた。

『雪だ』

『わあ、もう降ってきた』

リルは感激した。神獣達は嫌そうにしているが、リルは『みちるちゃん』の記憶でしか雪を知らないのだ。自分の目で見るのはこれが初めてだ。

「早く積もらないかな」

そう言うと神獣達が猛抗議してきた。

『寒いよ、積もらなくていいよ』

雪とはそんなに大変なものなのだろうか。リルにはわからない。

『リルももっと積もったら気持ちがわかるわよ』

琥珀もそんなふうに言う。

『僕はわかるさ、雪は綺麗だし、何よりロマンがあるじゃないか』

リルの気持ちをわかってくれるのはマロンだけのようだった。

リルは空から降ってくる雪を摑《つか》まえてみる。なんだか『みちるちゃん』の記憶にある雪とは少し違う気がした。記憶の中の雪はもっとビシャビシャしていたはずだ。でもこの雪は手の上で綺麗に形を保っている。雪にも色々あるのかもしれないとリルは思った。

拠点の中からロザリンが出てきた。ロザリンはリルを見つけると、薄桃色の可愛いショールを掛けてくれた。

「風邪ひいちゃうといけないから、暖かくしてね」

どうやら雪が降っているのを見て出てきてくれたようだ。リルはロザリンの優しさが嬉しかった。

実は冬になる時にもロザリンはリルのために何着も服を作ってくれていたのだ。ロザリンが服を作る時は、必ず琥珀とマロンにもお揃いの何かを作ってくれるので、リルはロザリンの作ってくれた服ばかり着ていた。今日も三人でお揃いのケープを着ている。

不意に、空が暗くなったような気がした。上を見ると真っ白な鳥が沢山飛んでいた。

「あら、今年も来たのね」

ロザリンが笑って空を見上げた。

「今年も?」

「ええ、白鳥は渡り鳥だから、寒い所から冬を越すためにこの辺りに来るのよ」

ここよりもっと寒い所があるのだろうか、リルには想像できなかった。

眺めていると、白鳥の群れの先頭が水浴び場に降り立った。

『ちょっとこれ何? こんなの去年なかったわよね?』

白鳥は神獣だったようだ。水の上に器用に浮かびながら問いかけてくる。

「そこは神獣用の水浴び場だよ」

『やだ『通訳者』じゃない。やっと見つかったのね!』

白鳥はなんだかキャピキャピしていた。イメージと違うとリルは思った。

『ちょっとここ凄《すご》くない? 貴女《あなた》がやったの? あれって遊び場でしょう』

「そうだよ、聖騎士さんにお願いして造ってもらったの」

『へえ、やるじゃない。楽しそうだわ』

白鳥はキョロキョロと忙《せわ》しなく周りを見回している。

「私はリルだよ。よろしくね」

『冬の間はこの辺にいるからよろしくね』

この辺とは森の中だろうか。リルは聞いてみた。

『そうよ、森の中の湖にいるわ。ここにも顔を出すからお話ししましょ』

「うん、私もお話ししたい。白鳥さんはここよりもっと寒い所にいるんでしょ？　どんな所か教えて？」

白鳥は夏でも氷の解けない極寒の地があることをリルに教えてくれた。そんな所にも人間は住んでいると聞いてリルは驚いた。

神獣のみんなはそんな所絶対に住めないと震え上がっている。

『ところでなんでみんな石の上にいるの？　土の上の方が暖かいでしょ』

魔道具で石を温めているのだと説明すると、白鳥は楽しそうだった。

『何それおもしろーい。人間ってホント面白いもの造るわよね』

お喋《しゃべ》りな白鳥はそれからも色んな話を聞かせてくれた。たまに普通の白鳥に紛れて人間に餌を貰ったりするらしい。みんなに何でそんなことをするのかとツッコミを入れられていた。

しばらくすると雪が多くなってきた。風も吹いてきたのでイアンがリルを迎えに来た。リルは白鳥と神獣達とサヨナラすると、拠点の中に入る。

リルが思っていたより体が冷えきっていたらしく、指がかじかんでケープが脱げなかった。見かねたイアンがリルのケープを取ってやって、風呂に入ることを勧める。

リルがお風呂から上がって外を見ると、まだ雪が降っていた。マーティンが明日は積もると言っていた。今日は騎士達の見回りはお休みのようだ。雪の中森に入ると遭難しかねないらしい。

リルは午後なのにみんなが拠点にいるのが珍しくて、ソワソワしてしまった。ヘイデンがカードゲームに誘ってくれる。暖炉に当たりながらマーティンの入れてくれた温かいお茶を飲んでみんなで遊ぶ。

拠点に来てから初めてのことかもしれない。普段はみんな忙しいのだ。

リルはとても楽しかった。地下にいた頃、冬はただ寒さに震えるだけの季節だったが、今日はとても暖かかった。きっと体よりも心が。これから冬はリルにとって大好きな季節になるだろう。そう思った。

◇◇◇

次の日の朝、リルは寒さで目を覚ました。これは布団から出られない。一緒に寝ていた琥珀にしがみつくと暖かくて気持ちよかった。このままもう一度眠ってしまおう。リルがそう思った時、無情にも扉がノックされた。

「リル？　起きてるか？」

イアンの声にリルは寝ぼけ声のまま返事をする。イアンはくすくす笑っていた。起きなければ。

リルは急いで着替えて顔を洗った。琥珀を見てリルも毛皮が欲しいと思う。

食堂に着くと魔道具の暖房が点《っ》けられていて暖かかった。

イアンがみんなに雪かきに行くぞと宣言している。

リルも一緒に行かなくては駄目らしい。リルはロザリンの作ってくれたコートできちんと防寒する。これでも寒いのだから相当だ。

みんなで外に出ると一面の銀世界だった。見事にあったかスポットだけ雪が積もっていない。少数の神獣達が新雪に足跡をつける遊びをしていた。羨ましいとリルは思った。

雪かきは玄関から道を作るように行うようだ。リルは小さいスコップを貰った。他のみんなは両手持ちの大きなダンプを使っている。

リルには重いから無理だそうだ。

雪かきは重労働だった。リルはすぐに疲れてしまった。綿のようなのにどうしてこんなに重いのだろう。

「リル、頑張れ。終わったら雪だるま作ろう」

ヘイデンの言葉にリルは頑張った。イアンはリルを見て雪かきは体力作りにいいかもしれないと思っていた。ずっと地下で暮らしていたリルはとにかく体力がないのだ。イアンはそれをずっと心配していた。病気になったら抗う体力もないかもしれないと思ったからだ。

やっと雪かきが終わった。リルは達成感に包まれていた。見ていた神獣達が拍手の真似《まね》をしてくれる。みんな誰かを称《たた》えたい時は拍手すると覚えたらしかった。

ヘイデンが、早速雪だるまを作り始めている。リルも慌ててそれに参加した。

ヘイデンが作った体にリルが作った頭を載せる。森の方から葉っぱを取ってきて、雪だるまの顔にする。生まれて初めて作った雪だるまに、リルは感激した。

『それなにー?』

ウサギとタヌキ達が集まってきて不思議そうにしている。

「雪だるまだよ、雪で作るお人形」

タヌキ達は雪だるまの周りをぐるぐる回っている。リルは少し考えて雪だるまに耳を付けてみた。

「おお、それ可愛いな」

ヘイデンが何やら小さい雪の塊を作りながら褒めてくれる。

ヘイデンの作っているものはなんだろう。リルは手元を覗き込んでみた。

「あ、雪兎《ゆきうさぎ》だ!」

ヘイデンが作っていたのは、葉っぱの耳が付いた可愛らしい雪兎だった。ウサギ達は大喜びだ。

『わーい、仲間が増えたよ』

『ちっちゃい仲間』

雪兎に顔を寄せてクンクンしている。とても可愛い光景だった。

『僕達のはないのー?』

タヌキ達が少々拗《す》ねてしまったが、さすがにタヌキを作るのは難しかった。

その後はカマクラを作った。穴を掘るのをみんな手伝ってくれて、小さいカマクラを沢山作ることに成功した。みんなお家だーと喜んでいる。みっしり詰まるのが楽しいらしく、ウサギ達は一つのカマクラに何匹かで入っていた。


草食の子達のための温室は、順調に稼働していた。

今日もシカとウサギが温室の近くのあったかスポットに集まっていたので、リルは野菜と果物を出してあげる。食べやすくナイフで切るのも忘れない。

住処にいる仲間に持って帰りたいという子もいるため、それ用のカゴも用意した。カゴのことは他の拠点にも周知されたらしく、みんな今年の冬は飢えることなく過ごせそうだということだ。

リルは毎日住処に沢山お持ち帰りするウサギがいたことに気づいていた。白い毛のウサギで、ウサギ内では地位の高い子らしい。リルはあまり気にしていなかった。

しかし、今日温室近くのあったかスポットには、白い毛のウサギの他に子ウサギが三匹いたのである。

リルはあまりの可愛さに大興奮した。

聞けば、妊娠しているウサギにずっと食料を届けていたらしい。

子ウサギは生まれて二週間ほどで、今日から少しずつ母乳以外も食べ始めるそうだ。

目が開いたばかりだというウサギは本当に小さくて愛らしい。

あったかスポットで元気に歩き回って、シカ達にちょっかいを出している。シカも特に気にしていないようで、遊ばせてやっている。

『子供が見たいと言っていたから連れてきたんだ。暖かいここで育ててもいい？』

白ウサギがそう言うので勿論《もちろん》オーケーだと返した。寒さで弱ってしまったら大変だ。

今日は初めて母乳以外のものを食べるらしく、野菜に興味津々だった。リルは食べやすいようにレタスの柔らかい所を細かくちぎってあげた。

『おいちい』

まだ上手く喋れないらしく、一生懸命口を動かしながら食べては美味しいと言っている。あまりの可愛さに言葉が出なかった。

ちょっと食べたらお腹一杯になってしまったらしい。母ウサギの近くに行って眠る体勢になった。

いつまでも見ていられる気がする。

異変に気づいた他の神獣達も近づいてくる。みんなで赤ちゃん見学会だ。

『ウサギの赤ちゃんも可愛いね』

『僕らも少し数を増やそうか？』

是非増やして欲しいとリルは思った。

子供を横目に見ながら、リルは日誌を書き始めた。これは国から与えられたリルのお仕事だ。神獣達の様子を観察して記録するのである。内容は完全に子供の絵日記だが、リルが子供であることは国もわかっているので問題ない。

ただリルは『みちるちゃん』の影響で異様に絵が上手いので、最初に見たイアンは驚いていた。地下にいた時、いつも指で壁に絵を描く真似をしていた話をマロンとしたため、イアンはとても悲しそうだった。後日リルのために沢山の画材をプレゼントしてくれたので、今はよく神獣達の絵を描いている。

文通相手のリアお姉さんにも神獣の絵を描いて送ったら、とても褒められた。

リルは日誌を書いた後、子ウサギを沢山スケッチすると満足した。

今日からこの子ウサギ達の成長を見守れるのが嬉しい。

スケッチしている内に子供達も起きたので、みんなで追いかけっこをして遊んだ。

遊び疲れて休憩している時、リルは思っていたことを聞いてみることにした。

「ねえ、ライオンさんと銀狼さんとクマさんはどうして滅多に拠点に来ないの？」

『森の見回りという大事な仕事があるからね。人間は冬場森には近づかないけど、魔物もいるし広いから管理するのが大変なのよ』

琥珀が教えてくれた。そうか、森を守ろうとしてるのは騎士達だけではないのかと、リルは感心した。今度来たら労《ねぎら》ってあげようと思う。

しかしよく考えたら、確かに拠点に来るのは弱い子達が多い。ヒョウとトラという例外はいるが、彼らは拠点では眠っていることが多い。案外夜に見回りをしているのかもしれない。

「みんなお仕事大変なんだね」

『リルだって最近は沢山お仕事しているじゃないか。こんなに働いてる六歳児はリルぐらいだよ』

確かに、日誌を書いたり神獣達とお話しするのはリルのお仕事だ。

でもとてもとても楽しいお仕事なので苦痛ではない。

「私、とっても幸せだね」

リルはマロンと琥珀と笑いあった。『通訳者』であってよかったとリルはスキルをくれた神様に感謝した。

「ライオンさん達も、たまにはお休みして遊びにこられたらいいのにね」

リルは働き者のライオン達にお休みを作ってあげる方法を考えたが、うまい方法は見つからなかった。

ヘクターには前世の記憶があった。そのせいか、今暮らしているこの世界に馴染《なじ》めずにいた。幸いヘクターの実家は裕福な伯爵家で生活するには困らない。前世からの趣味である物作りを駆使して、魔道具を作り売りさばいていた。実家もヘクターのことを金の生《な》る木だと思っているらしく、引きこもって魔道具を作っていても何も言わない。ヘクターは魔道具を作ることで現実逃避していたのだ。

そんな生活が二十八年続いた頃、王がヘクターを強制召喚した。これで何度目だろうか。ヘクターは伸ばしっぱなしの髪を後ろで縛り、また伸ばしっぱなしだった髭《ひげ》を適当に整えて王宮に向かう。

玉座の前には貴族の夫婦と思われる二人の男女がいた。リルとリアの父親であるアダムス侯爵家の当主とその妻だった。

アダムス侯爵家と言えば、先日王に呼び出された時に娘である聖女に会ったなとヘクターは思い出す。王に大量殺戮《さつりく》兵器を作れるかと聞かれ、無理だと答えたら酷《ひど》く落胆した顔をされたのだ。

ヘクターが疑問に思って調べてみると、聖女は嘘《うそ》を見抜くスキルを持っているのだという。それを知った時、ヘクターは驚愕《きょうがく》した。兵器を作れないと言ったのは全くの嘘だったからだ。聖女は意図的に王に報告しなかったことになる。ヘクターは聖女に深く感謝していた。

男女は国王に必死に弁明している。

「陛下、そのような事実はありません。娘を虐待していたなどと、私は娘を大切に育てていました」

男がそう言う。ヘクターは事の詳細がわからず見守っていると、王は激高していた。

「ではなぜ聖女は自害したのか！　この遺書にお前は聖女を娘と思っていなかったとある。母親の方は人殺しだとも書いてあるぞ。妹を森に捨てて殺したとな。その罪を償うために死んで詫《わ》びると！」

聖女が自害したと聞いてヘクターは驚愕した。あの子はまだ六歳くらいだったはずだ。ヘクターの目からは自殺なんてしそうには見えなかった。案外自殺に見せかけて逃げたのではとヘクターは考える。

侯爵達《たち》は無実を訴えるが、頭に血の上った王が爵位を取り上げて追放だと言い渡す。

ヘクターは一国の王がそれでいいのかと鼻で笑ってしまった。この国は本当に腐ってる。

侯爵達が騎士に引きずられ退室すると、ヘクターが呼ばれる。嫌な予感しかしなかった。

「お前は今日からこの王宮で嘘を見抜く魔道具を作れ、ついでに兵器もな。できないなどとは言わせない。お前の家の許可は取ってある。作れるまで二度とこの王宮から出られないと思え」

なるほど、家族に売られたのかとヘクターは気づいた。尤《もっと》も家族だなんて最初から思っていなかったのだが。ヘクターは少し平和ボケしすぎていたようだと反省する。

騎士に連行され塔に閉じ込められる。ここから脱出するには骨が折れそうだとヘクターは周囲を見回す。一応身を守るための魔道具も身に着けているが……さてどうするか。ヘクターは途方に暮れた。

六章 リルとリア Chapter Six

その日、リルはイアンに呼び止められた。

「なあに？　お父さん」

「悪いがお城に行かなきゃいけなくなったんだ。数日留守にするから、他のみんなとお留守番してくれ」

リルは、そういえばお父さんは王子様だったと思い出した。

「何しに行くの？」

「今度国王が退位して一番上の兄上が王位を継ぐんだ。それで即位式があってな」

イアンはリルが心配だったが、さすがに王子が即位式を欠席する訳には行かなかった。

父である現王には持病がある。『治癒』のスキル持ちであるイアンにも治すことのできなかった病気だ。なので早々に一番上の兄に王位を譲ることにしたのである。

父には孫娘を連れてこいと言われたが、それだけは断固阻止した。

万が一、死んだことになっている隣国の聖女の顔を知っている者がいたら問題になるからだ。もう少し成長するまで王宮には連れて行けない。

それにリルにはまだ言えないが、即位式以外にも用事がある。それはリアに会うことだ。今後のことについて話し合いがされる予定であった。

「どれくらいで帰ってくる？」

リルは不安そうにしている。

「四日ほどで帰れるよ。二日後には新国王の即位祝いで街でお祭りがあるからみんなで行くといい」

お祭りと聞いてリルは喜んだ。イアン自身は行けないが、これで寂しい思いをさせずに済むだろう。

イアンは面倒な即位式が終わったら最速で拠点に帰る予定でいる。パーティーもあるが欠席するつもりだ。

リル達《たち》に見送られ、イアンはルイスと共に拠点を出発した。


イアンがいなくなって、リルは少し寂しかった。他の騎士達も神獣達もいるが、やっぱりイアンはリルの特別だった。四日間も離れるのは初めてで落ち着かない。

『大丈夫さ、リル。四日なんてすぐだよ、みんなで遊んでたらあっという間さ』

マロンが慰めてくれる。リルはしっかりしないとと思い直した。

いい子でお留守番ができたらきっと沢山褒めてもらえるだろう。帰ってくるまでに何か新しいことに挑戦してみようか。そうしてお父さんを驚かせようとリルは考えた。

何をしたらいいだろうか、リルは一生懸命考えた。しばらく悩んで編み物はどうだろうと思いついた。マフラーくらいならリルでも作れるのではないだろうか。

リルはロザリンに相談してみることにした。

「マフラーを作りたいの？　それならいい物があるわ」

そう言って、部屋から沢山の棒がついた穴の開いた板を持ってきた。『みちるちゃん』の記憶ではリリアンと呼ばれていた編み機だ。

ロザリンはやり方を教えてくれた。ロザリンも隣で一緒に何かを作りながら丁寧に教えてくれる。これならイアンが帰るまでに間に合うだろう。

リルは失敗しないように慎重に編んでいく。少し休憩しようと隣を見たら、ロザリンが毛糸でできた綿入りのボールを量産していた。ボールの大きさがそれぞれ違っていて不思議だ。何に使うのだろう。

じっと見ていたら神獣達へのプレゼントだと教えてくれた。なるほど毛糸でもおもちゃは作れるのかとリルは感心した。

リビングの暖炉の前で火にあたりながら頑張っていると、みんな集まってくる。

暖炉はここにしかないので騎士達はよくこの部屋にいる。他の部屋も全て魔道具で暖めているのだが、やっぱり暖炉の方が風情があっていい。

編み物をしているリル達を見て、みんなも何か作り始める。メイナードは木を彫って木像を、マーティンは絵を、グロリアはドライフラワーでポプリをそれぞれ作っていた。

ヘイデンはなぜか暖炉でお肉を煮込んでいる。美味《おい》しそうな匂いがしてお腹《なか》がすいてきた。

◇◇◇

一方その頃イアンは、王都に到着していた。正門に到着するなり周りを護衛の騎士に囲まれ王都内に入る。『剣神』のスキルのおかげで基本護衛が要らないリヴィアンが羨ましかった。

ルイスを連れているとすぐ王族だとバレるから、周りの視線に落ち着かない。

特に今は即位式が近いから、やたらと手を振られる。にこやかに微笑《ほほえ》んで手を振り返すのはイアンには苦行だった。いつもリヴィアンはよくもああ自然に振る舞えるなと思う。

早く拠点に帰りたいとイアンはため息をついた。

目的の屋敷に到着するとマーリンが迎えてくれた。騎士達は下がり、ここからはやっと一人だ。

兄の待つ部屋にマーリンが誘導してくれる。ルイスはマーリンとなにやら話しているようだが、リルがいないと内容がわからなくて残念に思う。

案内された部屋に入ると、二番目の兄とその息子と銀色の短い髪の少女がいた。

「やあ、いらっしゃい、王都に来るのは久々で大変だっただろう」

イアンはリヴィアンのからかい交じりのセリフに少々苛立《いらだ》った。兄はいつもこうだと不貞腐《ふてくさ》れそうになる。そうするとまたからかわれるので必死に表情を取り繕う。

イアンは隣の少女に視線を移す。

「本日は御足労いただき有難うございます。ミレイユ・アダムス改めリアと申します」

少女は綺麗《きれい》なカーテシーをした。スカートは嫌いだと聞いていたが、今日はドレスを纏《まと》っている。

こうして見ると、双子なのにリルとはだいぶ雰囲気が違う。リルより背も高く健康的な体形をしているため、双子というより姉妹に見えるだろう。礼儀正しい所はよく似ているが、目の前の少女の方が洗練されている。育ちの良い貴族令嬢といった感じだ。まあ、実際そうだったのだから当たり前だが。

「はじめまして、リア。リルの父親になったイアン・ウィルソンだ」

イアンはなぜだかとても緊張した。リアはじっとイアンを観察している。なるほどこれが『真実の目』の持ち主かと納得してしまった。

「リルは元気にしていますか？」

「ああ、拠点で毎日楽しそうに神獣達と戯れている。最近は体力が付いてきて、外を駆け回っているよ」

リアはホッとしたように笑った。笑い方一つとってもリルとは全く違う。なんというか子供らしくなかった。

彼女は幼い頃から神童と呼ばれ、持て囃《はや》されていたと聞く。相当苦労してきたのではないだろうか。

「イアン、僕の言っていた意味がわかっただろう？　こんなに手のかからない子供は他にいないよ」

確かに彼女は完成されすぎている。リヴィアンが困ったのも道理だろうとイアンは思った。

「手がかからないのなら良いではありませんか」

リアは皮肉げに言った。しかしリヴィアンが機嫌を損ねた様子はない。言われ慣れているのだろう。

イアンはリアのためにもこの後の話し合いがうまくいくように祈った。

挨拶が済んだ所で早速話し合いを始めることになった。

リアの今後についてだ。彼女はまだ幼い。隠れて暮らすにしても、保護者が必要だった。

「さてリア、今日は君に提案したいことがあってイアンを呼んだんだ」

リヴィアンが話を切り出すと、リアは頷《うなず》いた。

「このイアンの養子になってリルと共に暮らす気はないかい？」

リアは目を伏せて首を横に振った。

「私が王族の養子になるには大義名分が必要なはずです。私はそれを持ち合わせていません」

なるほど賢い子だとイアンは思った。リアは視野がとても広い。

「『真実の目』を持つ、『通訳者』の双子の姉なんだ。二人一緒に引き取ってもおかしいことはない」

「私が『真実の目』を持っていることは明かせないでしょう？」

リアはこちらの言葉に全て正論で返してくる。だが、きっとリルの近くへ行くことを躊躇《ためら》っているのだろう。

「明かさなければいい。ただ『通訳者』の姉が有用なスキルを持っているからついでに保護したと言うだけで十分だ。もうミレイユは死んだと隣国では発表されている。成長した後のことを考えると王族の養子になっていた方が安全だ」

そう言うと、リアは黙ってしまった。イアンは優しく語りかける。

「リルは姉に会えるなら会いたいと言っている。マロン……君の実家に住んでいた神獣様が、君は優しいと言っていたからね。その上リルも、君がリルの存在を知らなかったことを知っている」

リアはまだ葛藤しているようだった。

「リルは姉に憧れている。リルの守護霊の『みちるちゃん』には優しい姉がいたと言っていたからそれのせいだろう。姉妹としてリルとやり直して欲しい」

それを聞いてリアは唇を噛《か》み締めていた。後ろからエルヴィスが心配げにリアの肩を摑《つか》む。しばらくして、リアは涙を零《こぼ》しながら言った。

「それでも私は怖いのです。私が関わることで妹が辛《つら》い記憶を思い出してしまうかもしれない。やっと幸せになった妹から、私はもうこれ以上何も奪いたくないのです」

リアは少し間を置いて言った。

「『みちる』と『かなめ』は双子でした。でも『みちる』だけが生まれた時から病弱でした。彼女は人生のほとんどを病室の中で過ごしたのです。『かなめ』は生まれた時に『みちる』から多くのものを奪いました。健康な体も夢も。健康な『かなめ』を見る度に、『みちる』が何を思っていたのか『かなめ』はずっと怖かったのです」

リアは話しながらずっと、ただ涙を流していた。

「私も、同じようにリルから沢山のものを奪ってしまいました。私はリルに会うのが怖いのです。この『真実の目』でリルの本心を知ってしまうことが、どうしようもなく恐ろしいのです」

リアは前世から深い罪悪感を抱えながら生きていた。二度目の人生もその焼き直しのような物だった。リルが今幸せなら、そのまま苦しい記憶を全て忘れて欲しい。リアがいない方が、リルはきっと幸せなのではないか、そう強く思っている。でも、本当にその通りだと突きつけられてしまうのは怖かった。

イアンもリヴィアンも返す言葉が見つからなかった。しかし、二人に姉妹の守護霊が憑《つ》いたのも、珍しいスキルを持っているのも偶然ではなく神の意思だったのではと感じていた。

涙を流すリアにリヴィアンは意を決してあるものを渡す。

「これはスキル封じの腕輪だよ。着けているとスキルが一切使えなくなる。怖いのなら、それを着けて一度だけでもリルに会ってみないかい？　この際養子のことは考えなくていいから」

リアはまた黙り込んでしまった。誰かが背中を押さないと彼女はきっと動けないのだろう。真面目すぎるリアの抱える罪悪感はきっととても深い。

「リルには俺からリアの事情を説明しておくから、難しく考えなくていい。ただ一度会うだけだ。リアお姉さんが本当の姉だと知ったら、リルはきっと喜ぶだろう。いつも君からの手紙を楽しみにしているから」

リアはようやく頷いて言った。

「会います。妹に――リルに会いたいです」


その頃リルはリアに手紙を書いていた。毎日のようにクッキーと手紙を届けてくれる魔道具の鳥に、返事を書いて渡すためだ。

リアお姉さんはとても綺麗な字を書く優しいお姉さんだ。いつか会ってみたいと思っていた。リアが本当の姉であることを知らなくても、リルはリアが自分の姉だったらいいのにと思っていた。だって彼女は『みちるちゃん』のお姉ちゃんによく似ているのだ。クッキーを作るのが得意なことも、運動が好きなことも、『みちるちゃん』が大好きだったお姉ちゃんによく似ている。

リルはリアお姉さんに、拠点に遊びに来て欲しいと書いた。

書き終わった手紙をカゴに入れて、魔道具の鳥に渡す。

リルはこの願いが予想外の形で叶《かな》うことを、まだ知らなかった。

◇◇◇

イアンが城に行った次の日、リルは神獣達のためのあったかスポットで編み物の続きをしていた。うまく行けば今日中に完成させられるはずだ。

リルの周りでは、ロザリンが作った毛糸のボールで神獣達が遊んでいた。子ウサギ達は子ヒョウ達と仲良くなったようで、じゃれあって遊んでいる。大きさが違いすぎて少し怖いが、子ヒョウ達は上手に加減ができているようで、転がされている子ウサギは楽しそうだった。

水場では白鳥が他の神獣達に武勇伝を語ってきかせている。

平和だなとリルは思った。

みんなに明日はお祭りなんだよと言うと、とても羨ましがられた。今度神獣達にお祭りを開催してあげるのもいいかもしれない。

リルはマフラーを編みながらお祭りの構想を練る。

なかなかいいアイディアは思いつかなかったが、考えるだけで楽しかった。

昼頃になって、ようやくイアンにプレゼントするマフラーが完成した。なかなかにいい出来だとリルは思った。マフラーが出来上がってしまうと、リルは途端に寂しくなる。早くイアンが帰ってこないかと街の方を見た。

『リル、寂しいの？　だったらみんなで遊びましょう。遊んでいたらすぐに帰ってきてくれるわ』

リルは琥珀《こはく》の言葉に頷いた。

倉庫にメイナードが作ったソリがあったはずだと思い出したので、それを持ってくる。

雪かきでできた雪山に登るとソリで滑り降りた。初めての体験でとても楽しかった。するとみんなも集まってくる。リルは順番にみんなを抱っこしてソリに乗せてやった。

リス達がリルとソリの隙間に挟まって何度も一緒に滑っている。

ちょっと大きい子はリルが抱っこしてくれないと乗れないので不満そうだ。

するとタヌキが体を丸くして、坂から転がり始めた。楽しかったらしく何度も転がっていた。リルは怪我《けが》をしないかハラハラしてしまう。

『人間の考える遊びは楽しそうね』

白鳥は羽繕いをしながらのんびりとその光景を眺めていた。


夕方リルが休憩していると、ヘイデンがやって来て言った。

「即位式の前夜祭を見ないか？」

そんな楽しそうなものがあるのかと、リルは二つ返事で見たいと言った。

みんなはもう目的地にいるらしい。リルは琥珀とマロンを連れてヘイデンと拠点の前庭に行った。

そこでは夕食の用意がしてあった。リルはここで前夜祭をするのかと不思議に思った。

ヘイデンが面白そうな顔をして言った。

「今日と明日は空に花火が上がるんだよ」

リルは興奮した。それはとても綺麗なものだと『みちるちゃん』の記憶で知っている。

みんなで夕食を摂《と》りながら花火が上がるのを待つ。マロンは花火を見たことがないらしく、ずっとソワソワしていた。

やがて大きな音がして、空に花火が打ち上がった。この拠点は山の上の方にあるから花火がよく見える。

リルは感動した。

『花火というのは綺麗だね、名前のまま大輪の花のようじゃないか』

マロンはじっと花火に見入っている。

森の中から神獣達も姿を現して、みんなで花火を楽しんだ。

リルは少しだけ、お父さんと一緒に見られたらなと思ってしまった。

◇◇◇

今日は待ちに待ったお祭りだ。リルは昨日花火のために夜更かししてしまったが、今日はすんなり起きることができた。

それほどお祭りが楽しみだったのだ。琥珀とマロンはお祭りに行けないが、リルに合わせて早起きしてくれた。

リルがお祭りに行けるのは午前中だけだ。みんなが拠点を離れる訳にはいかないからだ。みんなは午前と午後交代でお祭りを楽しむ。リルは両方行ってもいいと言われたが、自分だけ両方楽しむのは悪いと思ったので辞退した。神獣達のお世話の仕事もある。

リルはロザリンとグロリアの二人とお祭りに行く。琥珀達に見送られて馬に乗って拠点を出ると、街から楽しそうな音楽が聞こえてきた。街の広場では旅芸人達が集まって、芸を披露しているらしい。サーカスもやって来ているのだそうだ。

「先に朝ごはんにしましょうか」

グロリアが、屋台を指して言う。屋台からは今日限りの限定メニューだよと呼び込みの声が聞こえた。限定だと聞くと食べたくなるのはどうしてだろう。リルは不思議に思った。

三人でいくつかの料理を買って分け合って食べる。その間も軽快な音楽が聞こえてきていて、リルは楽しくなった。

聞くと王都では新しい国王のパレードが行われているらしい。街でも新しい国王の姿絵が沢山売られていたが、その顔はイアンによく似ていた。イアンは本当に王子様だったのだなと、リルは改めて思った。

広場に行くと、吟遊詩人が初代国王の話を吟じていた。初代国王は神獣の怒りに触れ荒れていた国を平定した偉大な人だという話だ。リルには神獣の怒りに触れるというのがどういうことなのかわからなかった。だってみんなとってても優しい。何をしたらそんなに怒らせられるんだろうとリルは不思議だった。グロリアもロザリンも、そんなリルを見て穏やかに笑っていた。

今度ドラゴンのお爺《じい》さんに会ったら聞いてみようとリルは思った。

次にサーカスを見ようとテントに入ると、リルは感動した。サーカスの芸人さんは凄《すご》かった。ロープの上を歩いたり、火のついた輪っかを潜《くぐ》ったりするのだ。それにみんなの動きが揃《そろ》っていてとても綺麗だった。

猛獣使いが舞台に立つと、リルは不思議に思った。舞台の上のライオンは明らかに喋《しゃべ》っていた。

あれは神獣ではないのだろうか。

でもライオンはとても楽しそうだった。

『俺様の技を見よ！』

そう高らかに叫んでいたのだ。リルは一応ロザリンに報告しておいた。ロザリンは物凄く驚いていたが、楽しそうなら一先《ひとま》ず保留ということにしたようだ。リルと会ってから、人間社会に紛れている神獣もいるのだとロザリンは知った。

ライオンはこの一座の花形らしく大人気だった。周りの話を聞くと、このライオンを見に来たという人もいるくらいだ。一座の人は彼が神獣だと気づいているのだろうか。神獣は寿命が長いから、きっとどこかで気づくだろう。リルはライオンと一座の人がいい関係を築けるように祈った。

サーカスを見たら、テントの近くに占い師がいた。ロザリンが『占い師』というスキルを持っている人がいるのだと教えてくれた。彼女は占い師のスキル証明書を額に入れて飾っていた。スキル証明書を持っているということは本物の『占い師』だ。ロザリンが一応確認したら、証明書は偽造された物ではないらしい。たまに偽造証明書で商売をする人がいるのだそうだ。

三人は占いをしてもらうことにした。リルを見た占い師はこう言った。

「随分辛い人生を歩んでいらっしゃったようですが、これからは好転します。あなた自身が道を踏み外さなければ、周囲の人がきっとあなたの力になってくれるでしょう。あなたは人に恵まれます。注意するべきは過度な自己保身に走らないことです」

リルは気を引き締めた。要するに自分より周りを大切にするようにということだろう。リルはこれからもみんなのために頑張ろうと決めた。

ロザリンが恋愛運を占ってもらって沈んでいた。ロザリンはモテそうなのに何でだろう。少なくとも五年はいい出会いがないと言われたようだ。五年経《た》ったらロザリンの年齢は三十を超える。落ち込むのも仕方がない。リルはロザリンに同情した。

グロリアは仕事で認められると言われたようで上機嫌だった。

二人はロザリンを慰めるためにスイーツを食べにさそった。

楽しい時間はあっという間だった。適当に美味しそうなものを買って拠点に帰る。お留守番のみんなにも楽しい話ができそうだった。

拠点に帰ると、イアンから魔道具の鳥が来ていた。明日ちゃんと帰ってくるという内容だった。リルは嬉《うれ》しくなって神獣達に報告に行った。

神獣達にサーカスのライオンの話をしたら、みんな転げ回って笑っていた。神獣的にはおかしな話だったらしい。みんな会ってみたいと言っていた。

お祭りがこんなに楽しいなんて知らなかった。やっぱり神獣達にも経験させてあげたいなと、リルは思った。

◇◇◇

今日のリルは朝からソワソワしていた。

『そんなに動き回っても時間は早く進まないわよ』

琥珀が呆《あき》れたように言う。

『まあいいじゃないか、お父さんが帰ってくるのが楽しみなんだろう？　マフラーも作ったしね』

マロンは理解を示してくれているようで、忙《せわ》しなく歩き回るリルを目を細めて眺めていた。

毎朝恒例の雪かきと神獣達のお世話をしている間も、リルは早くお父さんが帰ってこないかなと考えていた。

昼頃になって、神獣達のブラッシングをしていると。ルイスに乗ったイアンが帰ってきた。

「おかえり、お父さん！」

リルは走ってイアンのもとに駆けつける。

ルイスから降りたイアンは、リルの勢いに苦笑しながら抱き上げる。

「ただいま、いい子にしてたか？」

リルは大きく頷くと、この三日間にあったことを怒濤《どとう》のように話し始める。イアンは相槌《あいづち》を打ちながら、興奮冷めやらないリルを抱えたまま拠点に入った。イアンは本当にリアとは対極だなと思いながら、一生懸命話すリルを見つめていた。

「そうだ、お父さん！　プレゼントがあるの！」

リルはイアンがいない間に作ったマフラーを持ってくる。

「あのね、私が作ったんだよ！　ロザリンさんに教えてもらったの」

イアンはマフラーの出来に感心した。リルは手先が器用らしい。

「ありがとう。上手にできたな」

リルの頭を撫《な》でて言うと、リルは得意げに笑った。

「そうだリル、話があるんだ」

一通りリルを褒めると、イアンは話を切り出した。

「リルの双子のお姉さんが今この国にいるんだ。彼女はレイズ王国から自分の意思で逃げ出したんだ。それを兄上が保護している」

リルは驚いた。まだ見ぬ姉が心配で、どうしてそんなことになったのかとイアンを問いつめる。

イアンは詳しい事情を話した。

最後にイアンは言った。

「お姉さんは、リルを助けられなかったことをとても後悔してるんだ。リルに合わせる顔がないと言っている。リルがお姉さんを恨んでいないなら会ってあげて欲しい」

「お姉ちゃんに会えるの？　本当に？　会いたい、ずっと会ってみたかったの！」

リルは姉に会えることを心から喜んでいるようだった。イアンは安心した。

『良かったじゃないか！　ミレイユは良い奴《やつ》だ。きっとリルも大好きになるよ』

マロンがリルにそう言うと、イアンは大切なことを伝え忘れていたことに気がついた。

「お姉さんの今の名前はリアと言うんだ。クッキーのお姉さんが、リルのお姉さんだよ」

リルはきょとんとしていた。しかし徐々に意味がわかったのかとても嬉しそうに足をバタバタさせている。

「本当に？　本当にリアお姉さんがリルのお姉ちゃんなの？　やったー！」

リルの喜びようにイアンは会わせても大丈夫そうだとホッとした。

「お姉ちゃんとは一緒に暮らせる？　ここに来てくれるかな？」

「俺の養子になるのを提案したけど、まだそこまで考えられないらしい。リルがお願いしたら、一緒に暮らせるかもしれないよ」

イアンの膝の上で、リルは大喜びで飛び跳ねている。

「いつ会えるの？　すぐ会える？」

「明日ここに来てくれるよ」

リルは明日と聞いて有頂天だった。誰かにこの喜びを伝えたくて、神獣達の所に駆けてゆく。

イアンはリヴィアンに、明日は予定通りで大丈夫だと魔道具の鳥を飛ばした。


リルは神獣達に明日お姉ちゃんに会えるのだと伝えに行った。

みんな口々におめでとうと言ってくれる。

リルは近くにいたキツネを抱きしめると、仲良くなれるかなと不安を零した。

『大丈夫、リルを嫌いな人なんていないよ』

抱きしめたキツネが言ってくれるが、実際リルは両親に嫌われていたのだ。優しいお姉ちゃんにも嫌われてしまうかもしれないという不安があった。

神獣達はリルに寄り添って慰める。

『歓迎会の準備をしようよ、きっと喜ぶよ』

ウサギがリルの足に前足を乗せて言う。

『僕達も一緒にお出迎えするよ』

タヌキがリルの背中に張り付いて存在をアピールする。

『僕もリルのお姉ちゃんだったらモフモフさせてあげてもいいよ』

子ヒョウがなんだか偉そうに的はずれなことを言うので、リルは笑ってしまった。

みんなの優しさに心が温かくなった。リルは嫌われないように頑張ろうと決意する。

リルはお姉ちゃんに会えるのがまた楽しみになった。

◇◇◇

聖騎士達の拠点に向かう馬車の中、リアは落ち着かない気持ちでそこにいた。

「腕輪は本当に着けないのかい？」

向かいに座っているリヴィアンが心配そうに言う。

リアは決めていた。この『真実の目』でリルの本心を確かめて、もし恨まれているなら一生リルの前から姿を消そうと。

そして、もしリルが自分を歓迎してくれるなら、リルにとっていい姉であり続けようと。

リヴィアンはリアの真面目さと、それゆえの不器用さを心配していた。

どうにも極端すぎるリアの覚悟に色々物申したい気分だったが、強情な彼女はきっと聞かないだろう。

もしリルに恨まれていたら、リアはきっと壊れてしまうように思う。

リヴィアンはため息をつく。リルが本心からリアを歓迎してくれることを祈るしかないのはもどかしかった。


拠点に着くと、リヴィアンは先に馬車を降りた。

「リヴィ伯父さん！　おはようございます！」

馬車の外から聞こえる、自分とよく似た声にリアは身を硬くする。

早く馬車を降りなければと思うのに、体が動かない。

見かねたリヴィアンがリアを抱えて馬車から降ろす。するとリアは自分とよく似た顔を見て固まってしまった。

リルはキラキラと目を輝かせてリアの方へ歩いてくる。

「リアお姉ちゃん、初めまして！　会えて嬉しいです！」

その言葉に嘘《うそ》はなかった。リアは双子なのに自分より細く小さい妹の姿に涙が止まらなくなった。

嬉しいのか悲しいのかもわからない、ただ涙をこらえることができなかった。

「ごめんね、リル。助けてあげられなくて、ごめんね」

リアは泣きじゃくりながら謝罪を繰り返す。リルは驚いてしまった。

「お姉ちゃん私は大丈夫だよ。怒ってないよ。泣かないで」

リルは慌ててリアに駆け寄って背中を撫でた。

リアは長い間泣いていた。ようやく落ち着いた頃、リアはじっとリルの目を見つめて問いかけた。

「リルは、私を恨んでないの？」

真剣な様子のリアに、リルは瞠目《どうもく》した。

「どうして恨むの？　お姉ちゃんは何も悪くないでしょ？」

リアは、そっかと言って憑き物が落ちたような顔で笑った。


リアはいつの間にか自分の足元に小動物達が集まっていたことに気がつく。

「みんなお姉ちゃんが泣いてるから心配してるの」

リルがそう教えてくれた。

「ごめんね、もう大丈夫だから」

そう言うと小動物達は少し離れていった。リアは初めて見た神獣に感動した。本当に人間の言葉がわかっているのだ。

「あのね、お姉ちゃんの歓迎会の準備をしたの！　こっちに来て！」

リルはリアの手を取ると、あったかスポットまで引っ張っていく。神獣達も参加すると言ったため、ピクニック仕様にしたのだった。

リルは手紙に書けなかったことを怒濤のように語り出す。姉に会えて興奮しているのだ。リアはそんなリルに静かに微笑みながら相槌を打つ。その光景は今日初めて会ったとは思えないほど自然だった。

口を出さずに見守っていたリヴィアンとイアンは、そっと胸を撫で下ろした。これでこの二人はもう大丈夫だろう。

「全く、ここまでえらい遠回りだったね。どれほどやきもきさせられたことか」

リヴィアンがため息をつきながら言った。

「それだけのことがあったのだからしょうがないでしょう」

「でも収まってみればこの収まりの良さだよ。一言言いたくなるじゃないか」

「仲が良さそうで何よりじゃないですか」

二人はそんな会話をするとリル達のもとに歩いてゆく。

「それで、リアはどうするんだい？　イアンの養子になってここで暮らす？」

歩いてきたと思ったらいきなり投げかけられた台詞《せりふ》にリアは固まる。

リルは目を輝かせてリアの腕を引っ張った。

「お姉ちゃん、そうしよ、一緒に暮らそうよ」

リアはそう言うリルに抗《あらが》えそうもなかった。助けを求めるようにイアンを見るが、イアンはリルが嬉しいならそれでいいと思っている。

結局拒否する理由も見つからず、なし崩しにイアンの養子になることになってしまった。

「えと……よろしくお願いします……お父さん？」

イアン達はなんともいえない顔で言うリアに、腹を抱えて笑ってしまった。

リアがイアンに慣れるにはもう少し時間がかかりそうだった。


養子縁組の書類にサインして、リアは一旦滞在していた屋敷に帰ることになった。荷物を纏めて、明日また拠点に引っ越して来るのである。

屋敷に帰るとエルヴィスが待っていた。リアの顔を見てホッとした様子で頭を撫でてくる。

「その様子だと仲良くなれたんだね。良かった」

リアは居心地悪そうに俯《うつむ》いて、エルヴィスが手を離すのを待っていた。

「イアンさんの養子になったので、明日拠点に引っ越すことになりました。今までお世話になりました」

そう言って頭を下げると、エルヴィスは悲しそうな顔をした。

「そっか、お別れになるね。寂しいな……時間ができたら拠点に行ってまた剣を教えてあげるからね」

そう言ってエルヴィスはまた頭を撫でる。

リアの荷物は短期間しか屋敷にいなかったにしては多かった。主に服と本である。これらは全てエルヴィスが用意してくれたものだ。エルヴィスは受け取りを拒否すると悲しそうな顔をするので、リアは全て受け取っていたが、間違いだったかもしれないと思った。正直半分は置いていきたい。しかしせっかくの贈り物を残していくのは失礼だろう。

さらにエルヴィスはリアに餞別《せんべつ》として調理器具のセットをくれた。大量のクッキーを作れるように、大きめなものを選んでくれたという。リアのために用意していた製菓材料も持って行っていいと言われて、荷車二台分の荷物になってしまった。リヴィアンは呆れた顔でエルヴィスを見ている。一体どれだけリアを甘やかしていたのか。

◇◇◇

「昨日イアン団長の養子になりましたリアと申します。リルの双子の姉です。どうかよろしくお願いします」

翌日になってすぐに拠点に引っ越してきたリアは、騎士達に挨拶する。騎士達は事前にリアの事情を聞いていたため快く受け入れた。

ちなみにリアは普段はスキル封じの腕輪を着けることにしている。普段から嘘がわかり続けるのは精神的にキツかった。

全員の紹介が終わり解散しようとすると、リアがおもむろに言い出した。

「あの、私将来は聖騎士になりたいのです。みなさんの訓練に参加させてもらえませんか？」

イアンは瞠目した。活発な子だと聞いていたが、もう将来を決めてしまったのかと少し心配になる。

「それは構わないが、リアの歳《とし》では全て同じにという訳にはいかないぞ」

「わかっています。子供の私にできる範囲でかまわないので参加させてください」

リアの決意は固かった。それもこれも全てリルのためなのだろうとイアンは思う。リアは翌日から訓練に参加できることになった。

「お姉ちゃん、聖騎士になるの？　すごい！　カッコイイ！」

リルはそれを聞いて無邪気に応援している。イアンは内心リルもやると言い出さないか心配していたが、その辺は自分の領分ではないとわかっているようだった。

騎士のみんなは、このいっそ感心するくらい対照的な双子に興味津々だった。この子達は退屈な拠点生活に何をもたらしてくれるだろうか。

リアの挨拶が終わって、リルは一緒に外で遊ぼうとリアを誘う。外は今日もとても寒かったが、あったかスポットがあるのでへッチャラだ。

あったかスポットに着くと、リアのクッキーを一番気に入っていたタヌキが話しかけてくる。

『クッキーのお姉さんだ！　僕、リアお姉さんの作るクッキーが一番好きだよ！』

リアはそれを通訳してもらって、嬉しくてタヌキを抱き上げた。タヌキも嬉しそうにしている。

そのまま一頻《ひとしき》り神獣達と遊んだ後のことだった。

「これだけ寒いとアイスクリームが作れるね」

不意に零れたリアの言葉にリルは本当に作れるのかと身を乗り出した。

「そう『かなめ』が言ってる」

リアは初めてリルに会った時から、リルに合わせて自分も守護霊持ちだということにしている。

リルはリアの中にも『みちるちゃん』のお姉ちゃんがいると知って嬉しかった。

二人は『かなめ』の記憶に従い、雪でアイスクリームを作ることにした。リアはこちらに引っ越してくる時にお菓子の材料も持ってきていたため、厨房《ちゅうぼう》にはちょうど材料が揃っていた。

あとは頑丈そうな蓋付き瓶と大きめの缶を探す。瓶は厨房に沢山あった。缶は塗料が入っていたものがあったのでそれを借りることにした。拠点を走り回りながら缶を探していた二人に騎士達は何をするのかと気になった。

まずは普通にアイスクリームの素《もと》を作る。リアが器用に生クリームを泡立てたり、卵と砂糖を混ぜたりする。リルも少しだけ手伝った。

それを瓶に入れると、次は缶と雪の出番である。リアは軍手をはめた手で缶に雪を入れると思いっきり塩をかけた。そしてその中に瓶を入れると缶の蓋を閉める。同じものを五つほど作った。

二人は庭で神獣達に協力をお願いした。缶を転がすと美味しいものができると聞いた雑食の神獣達は、喜んで協力してくれた。三十分ほどみんなで缶を蹴り転がして遊ぶ。特に子ヒョウ達は頑張ってくれた。

時間が経ったので缶を開け、瓶を取り出すと中には美味しそうなアイスクリームが詰まっていた。騎士達は先程から様子を見て困惑していたが、出来上がった物を見て合点がいった。そんな作り方があるのかと感心する。

リアは一昨日《おととい》焼いたクッキーにアイスクリームを載せて功労者の神獣達に食べさせてやる。タヌキは相当気に入ったらしく、飛び回って喜んでいた。子ヒョウ達はあまりお気に召さなかったようだが、遊ぶのは楽しかったようでまた作るなら手伝うよと言ってくれた。

沢山作ったので騎士達にも振る舞って、大満足のアイスクリームパーティーだった。

「次は味付きを作ろうか」

リアの言葉にリルとタヌキ達は喜んだ。

『温室のベリーを入れてよ』

リアに懐いているタヌキはリクエストしてくる。ベリーがアイスクリームと合うと気がつくとは、タヌキはなかなかのグルメである。

美味しいもの効果なのかリルと似ているからなのか、タヌキはリアの膝の上にも乗ってくる。リアはタヌキを撫でるとこんな可愛《かわい》らしい子と話せるリルが羨ましくなった。

リアは特に実家にいたというマロンとお話ししてみたかったが、残念ながら彼の言葉は、自分の耳にはチュウチュウとしか聞こえない。

リルに沢山友達ができて嬉しいが、会話に入れないので複雑な心境だった。

でも、この拠点での暮らしはきっととても楽しい物になるだろうとリアは思う。膝の上で眠ってしまいそうなタヌキを撫でながらリアは笑った。


リアが拠点にやってきた次の日の朝、リアは宣言通り騎士の鍛錬に参加していた。まず基礎体力訓練から始めると、リアの体力と身体能力にイアンは驚いた。

ここに来るまでずっとエルヴィスに剣を習っていたようで、基本は身についている。これなら実戦形式の練習で大丈夫だろう。

ただ通常の騎士が使う剣は、リアには重すぎるようだった。子供用の剣を作ってもいいが、リアはレイピアでも十分強かった。むしろ変に重さのある剣を使う方が危険かもしれないと、そのまま鍛錬に参加させることにした。

聖騎士になるのならいずれ規定の剣を使うことになるだろうが、イアンはまだ先でいいだろうと考えていた。リアはまだ幼いのだから、聖騎士以外の夢ができるかもしれない。

その日の午後にはリア宛に手紙と荷物が届いた。それはエルヴィスからだった。そこにはイアンの養子になったことへのお祝いと、リアがいなくて寂しいといった内容が書かれてあった。

荷物の中身は偶然リアに似合いそうなものを見つけたので買ったらしい。お祝いとしてリルとお揃いで受け取って欲しいと書かれていた。中身は上品なチョーカーだった。太めのビロードのリボンに小さな宝石が縫い付けられた可愛らしい物だった。リアが水色でリルがピンクらしい。

そして他にも、神獣達用のおもちゃがたくさん入っていた。猫好きなだけあっておもちゃ選びのセンスがいい。これは神獣達も楽しんでくれるだろう。ただ猫じゃらしの数が多いのはご愛嬌《あいきょう》だ。

リルに見せると喜んでいた。拠点にたまに遊びに行くと手紙に書いてあったので、その時にお礼を言おうと二人で決めた。

イアンに見せると、あのエルヴィスが女性にプレゼントなんて槍《やり》でも降るんじゃないかと言っていた。リアは知らなかったが、エルヴィスは筋金入りの女嫌いなのだそうだ。

じゃあ私は何なのだろう、やっぱりペット枠かと考えてリアは虚《むな》しくなった。早く大きくなろう。そうしたら彼の言動に惑わされることもなくなるだろうとリアは思った。

リアが拠点にやってきたことでロザリンは奮闘していた。

ロザリンはどうしても姉妹にお揃《そろ》いの服を作ってあげたかったのだ。

これまでリルのために作ったデザインに、リアのためのデザインを追加する。

リアはスカートがあまり好きではないと聞いた。だから全く同じものではなくて、メンズ服のような軽やかさと少女らしい可愛《かわい》らしさを融合させた服にした。

リルとリアと琥珀《こはく》とマロン。四人がお揃いの服や小物を纏《まと》えるように工夫する。『裁縫』スキルを持っているロザリンには、服を一日で完成させるなんて朝飯前だ。

リアに早速着てもらい、リルと並ぶと王子様とお姫様のようだった。リアはロザリンの作った服を喜んでくれた。リルもお揃いが嬉《うれ》しいらしく、リアと手を繋《つな》いで喜んでいた。

そんな風に、リアはあっという間に拠点に馴染《なじ》んでいった。リアは真面目で、働くことを厭《いと》わない。手伝いは率先して引き受けるため、騎士達《たち》も感心していた。それになんだか拠点に来てから子供らしさが見られるようになった。リルに影響されたのか緊張が解けたからなのかはわからないが、いい兆候だとみんな思っていた。

◇◇◇

リアが拠点に来てさらに数日が経《た》った頃、拠点は朝から慌ただしくなった。

クマが血まみれの人間を担いで現れたからだ。クマに担がれた人間を見てリアは声を上げた。

「ヘクター様!?」

クマの横には軽傷を負った知らない人間もいる。知らせを受けたイアンが駆けつけると、軽傷な方はこの国の諜報員《ちょうほういん》らしい。ヘクターを亡命させるため連れて逃げるも、見つかってしまい、この森まで追い詰められたそうだ。追っ手はクマが撃退してくれたらしい。

リアは腕輪を外してその説明を聞いていた。嘘《うそ》ではないとイアンに頷《うなず》くと、とにかく二人を治療することにした。

治療している間、リアは心配するリルをなだめていた。

治療が終わるとリアはイアンに、一緒に話が聞きたいと訴える。

イアンはリアの能力と、顔見知りの相手ということもあり渋々了承することにした。

ベッドで上体だけ起こしているヘクターに、詳しい話を聞く。

ヘクターはリアを見ると驚いていた。

「聖女ちゃんじゃん、やっぱり死んでなかったんだな」

イアンはまず、なぜ亡命することになったのか聞いた。

「私の名前はヘクター・フレミングです。自分で言うのもなんですけど、私はレイズ王国では賢者の再来と言われる魔道具技師でした。聖女が死んで、国王は私に嘘を見抜く魔道具を作れと言いました。ついでに大量殺戮《さつりく》兵器を開発するまで決して出さないと、塔に閉じ込められたんです。どうにか逃げようとしていたら、この国の諜報員の方に助けられてここに来ました」

ヘクターは簡潔に状況を話してゆく。

「私は絶対に人を殺す道具なんて作りたくないので、もうレイズ王国には戻りたくありません。家族も私を王に売ったので私に帰る場所はもうないんです。知っていることは全て話しますし、人を傷つけるようなものでなければ技術協力は惜しみませんから、この国に亡命させてください」

リアは言葉に嘘がないことを確認すると、イアンに頷いた。

「聖女ちゃんがいると余計な疑い持たれなくていいね」

ヘクターの言葉にリアは嫌そうに言い返す。

「今の名前はリアです。聖女ちゃんは止《や》めてください」

「了解、リアちゃんね」

リアは少し気になっていることがあったので、イアンにヘクターと二人きりにして欲しいとお願いする。

イアンは渋ったが、同郷の二人だ、面識もあるようだし少しならと許可を出した。

「単刀直入に聞きます。ヘクター様、転生者ですよね、おそらく日本からの」

ヘクターは目を見開いてリアを凝視した。

「その反応は正解ですか」

ヘクターがレイズ王国にいた時に作った魔道具には転生者らしさが見られた。だからずっと疑っていたのだ。

「へえ、リアちゃんも転生者だったんだ。道理で大人びてると思った。他にもいるのかな？」

ヘクターは嬉しそうに言う。やっと同胞を見つけることができたのだ。話したいことが沢山あった。

「私の双子の妹も転生者です。ただ、転生者ではなく守護霊憑《つ》きということになってます。ヘクター様も合わせてくれると嬉しいです」

双子と聞いてヘクターは彼女達の苦労を察した。レイズ王国ではさぞ生きづらかっただろう。守護霊というのも一理ある。守護霊の話はよく聞くが、転生者の話はほとんど聞かないからだ。何か問われたら守護霊が教えてくれたと答えるのが一番無難だろう。

「大変だったんだな……了解、俺も守護霊憑きってことにしておくよ」

話の摺《す》り合わせが終わったのでイアンを呼ぶと、ヘクターは王宮へ運ばれることになったと言われた。ヘクターとしても別に異論はない。

諜報員と共に馬車に乗り込むと、すぐに王宮へと向かった。

ヘクターは王宮に着いてすぐ、秘密裏に国王や宰相達上層部と面会することになった。レイズ王国の軍事力について、色々と聞きたいことがあるのだろう。

レイズ王国は数百年前の賢者が作った結界の魔道具のせいで鉄壁の守りを誇る国だ。攻撃に関しては全くダメだが、守りだけはとてつもなく堅い。攻め落とすこともできず、ずっと目の上のタンコブだった国なのだ。

ヘクターは聞かれたことには全て答えた。レイズ王国の国王はヘクターの作る魔道具をあてにして戦争の準備をしていたのだ。自分が消えれば戦争も起こらないと思っていた。

「それよりも注意しなければならないことがあります」

ヘクターの言葉に上層部は眉根をよせた。

「レイズ王国の結界は五年以内に消えるでしょう。あれは元からそういう風に作られていた魔道具です。レイズ王国は精霊に見放されつつあるのです。恐らく守りの魔道具も全て動かなくなるでしょう」

それはあまりに衝撃的な言葉だった。本当のことなのかと問い詰められる。

「あれは弱き者と正しき者を守る魔道具なのです。精霊に疑心を抱かれた時点で効力が弱まり、やがて動かなくなって消えます。今も結界の強度は落ち続けています」

昔の記録には精霊に見放された国が魔法も魔道具も使えなくなって滅びたとある。レイズ王国は今その道を歩んでいるのだ。

「私は政治には詳しくありませんが、緩やかに破滅へ向かうレイズ王国のその後の扱いを早めに考えた方が良いかと思います」

ヘクターの言葉は上層部を動かした。

長年目の上のタンコブだったレイズ王国を穏便に解体するチャンスなのだ。きっと国境を接する残り二つの同盟国も協力してくれるだろう。誰もがこの情報に歓喜した。

そしてヘクターの処遇だが、名前を変えてこの国の魔道具技師として働くことになった。

普段は王宮内で暮らすことになるだろう。

新しい名前はハルキにした。呼ばれ慣れた前世の名前である。

亡命するなら人相も変えた方がいいだろうということで、ハルキは髭《ひげ》を剃《そ》って髪を短く切った。

元々童顔なハルキはそれだけでかなり人相が変わった。髭は剃るのが面倒だから脱毛器でも作ろうかなと考えて、ハルキは苦笑した。

この世界に生まれ変わってからずっと、何もかもを諦めて死んだように生きてきた。亡命して同じ元日本人に会えただけでここまで前向きな気持ちになれるものかと不思議な気分だった。

ハルキはリアに手紙を書いた。せっかく見つけた元日本人だ、交流を絶やしたくない。

手紙には名前がハルキに変わったこと、王宮で魔道具技師として働くことになったことを書いた。

そしてお近付きの証《しるし》にと、魔道具でカメラっぽく再現したものを二つ一緒に送った。一つは双子の妹ちゃんの分だ。

手紙を受け取ったリアは歓喜した。ずっとカメラが欲しいと思っていたのだ。

リルも大喜びで神獣達の写真を撮っている。

『ねえ、それなあに?』

神獣達の質問にリルはカメラの説明をする。不思議そうに見てはいるがあまり興味がなさそうだった。何が楽しいのかよくわからないらしい。

しまいにはみんな自由に遊びだしてしまった。リルからしたらむしろシャッターチャンスである。

ここぞとばかりに遊ぶ神獣達をカメラにおさめた。

途中不思議そうに見ていた拠点の騎士達も巻き込んで写真を撮ったら、一瞬で描かれるそっくりな絵にみんな驚いていた。イアンに許可を取ると、ボードを用意して写真を飾ってゆく。あっという間にボードがいっぱいになってしまった。

リルとリアはハルキにお礼の手紙を書いた。ハルキの癒しになればと神獣達の写真を一緒に同封しておいた。このカメラはフィルムや写真紙ではなく、厚紙を入れるだけで大丈夫なのでとてもありがたい。いくらでも写真が撮れた。

ハルキからの返信は神獣に囲まれての生活を羨むものだった。ハルキは動物が好きらしい。リル達はまた拠点に遊びに来て欲しいと返事を書いた。

それからしばらく経《た》った頃。リヴィアンがマーリンに乗ってやって来た。リアはリヴィアンを団長室に案内する。リヴィアンはリアを見て目を細めた。前より表情豊かになっていて安心したのだ。

リヴィアンはリアにリルを呼んでくるよう命じた。

嫌な予感がしたリアは、リルを呼んでそのまま団長室に居座る。断固出ていかない構えのリアにリヴィアンは苦笑した。

「今日はリルにお願いがあるんだ。すぐに第一聖騎士団の拠点に行って欲しい」

リルは首を傾《かし》げた。第一聖騎士団は王都の近くの小さな森を守護している騎士団のはずだ。

「神獣達《たち》の様子がね、どうにもおかしいんだ。力のない神獣が拠点のそばを離れたがらなくなった。大きい神獣は傷だらけになっているのが目撃されている。冬場は騎士達も森に入るには慎重にならなければならない、危険だからね。だからリルに神獣達に何があったのかまず聞いて欲しいんだ」

リルは神獣達が困っているなら助けてあげたいと思った。

イアンの方を見て頷《うなず》く。

「イアンとリアと一緒に行くといい。特にイアンのスキルは今回役に立つだろう」

リルはまた首を傾げた。イアンのスキルを知らなかったからだ。

「俺のスキルは『治癒』なんだよ。病気にはほとんど効かないが、怪我《けが》にはよく効く。傷ついた神獣達を治してやれるということだ」

リルは感心した。優しいお父さんにぴったりなスキルだと思った。

「リアは、特に仕事はないけど、リルのそばを離れたくないのだろう?」

リアは当然というように頷いた。

「幸い第一聖騎士団に聖女の顔を知っている可能性のある人物はいない。だから好きにするといい」

リル達は慌ただしく拠点を出発することになった。今回は琥珀《こはく》とマロンを連れて行ってもいいらしい。

リヴィアンが用意した馬車にイアンとルイス、リアと一緒に乗り込む。ルイスと琥珀はちょっと狭そうだ。

リルにとっては初めての遠出である。リルは不謹慎だが少しワクワクしていた。

『わあ、見てみなよリル! あれが王都だって!』

馬車のカーテンの隙間から覗《のぞ》くと、大きな塀に囲まれた街が見えた。マロンはずっと外の景色を眺めている。冒険が好きなマロンは本当は外に飛び出したいのだろう。でもリルのそばにいてくれる、優しいネズミだ。リルは一緒に外を覗いて感動した。考えてみたらリルは、地下と拠点と拠点近くの街しか知らないのだ。見るもの全てが真新しい。

リアとイアンはそんなリルを微笑《ほほえ》ましげに見ていた。

そしてリル達は第一聖騎士団の拠点に到着したのである。

第一聖騎士団の拠点は一言で言うなら殺風景だった。イアン曰《いわ》くそもそも王都が近いので常駐する聖騎士の人数も少ないそうだ。なんと今は三人しかいないらしい。そんな中で真新しい温室だけが異彩を放っている。

三人はまず拠点に挨拶に向かった。

拠点では三人の騎士が出迎えてくれる。

「御足労いただきまして感謝します、イアン王弟殿下並びにご息女様方。私はこの拠点を預かるランドンと申します」

真ん中の神経質そうなメガネの騎士が、挨拶してきた。

イアン達も挨拶を返す。

そしてランドン団長の隣にいた長身の男性を紹介される。

「副団長のアルフです。そしてその隣はご存じの通り今年ここに配属になったジャスティンです」

その人はイアンと同じ金色の、長い髪の男の人で、とても見覚えのある顔をしていた。

「リル、リア、こいつは兄上の息子だ。二人の従兄《いとこ》になるな」

リルは驚いた。こんなに大きな息子さんがいたとは思わなかった。思わずじっと見つめてしまう。

すると目をそらされてしまった。

ジャスティンは仏頂面で言った。

「よろしく……」

怒らせてしまっただろうか。リルは不安になった。すると腕輪を外したリアが問う。

「何か怒らせるようなことをしてしまいましたか?」

「別に怒ってねーよ」

リアがリルの手を繋《つな》いで言う。

「怒ってないって、大丈夫だよ」

リルは安心した。リアがリルには見えないようにジャスティンを睨《にら》む。ジャスティンはその目つきに薄ら寒いものを覚えた。

イアンは三人のやり取りが可笑《おか》しくて笑いをこらえていた。ジャスティンは昔から人見知りだった。初対面ではつい不機嫌そうな態度を取ってしまうらしい。イアンも最初はそんな対応をされたものだった。リルを悲しませたためにリアに睨まれたが、大丈夫だろうか。リアはリルに関しては過激だからなと、他人事《ひとごと》のように思っていた。

イアンが話を戻そうとした時、突然リルの足元にウサギ達が群がってきた。

『助けて』

『お願い助けて』

リルがしゃがんでウサギ達に問う。

『魔物強いの』

『勝てないの』

「そっか、強い魔物がいて勝てないんだね」

リルがそう言うと、ランドン団長達は唖然《あぜん》としていた。

これが『通訳者』かと、信仰心の強いランドン団長は祈りを捧《ささ》げたくなった。

「それがどんな魔物でどこにいるのか聞いてくれ」

ジャスティンがリルに言う。リルが問うまでもなくウサギ達が返してくれる。

『クマなの、変異種、怖いの』

『トラの洞窟を取ったの、ネグラにしてるの』

「クマの変異種がトラの洞窟を奪ってネグラにしてるんだね」

アルフ副団長が拠点から急いで地図を持ってくる。

「森でトラの神獣様が見かけられるのはこの辺りですね」

「だとしたら洞窟があるのはこのあたりか？　いや、こちらの可能性もあるな」

リルは団長達の会話を聞いてウサギ達に問いかけてみる。

「誰か地図が読める子いないかな？」

『呼んでくるの』

数匹のウサギが走っていった。

リアは怪我をしているウサギがいないか確認していた。リアはリルと同じ顔をしているせいなのか、なぜか神獣に警戒されないのだ。

少しして、ウサギが怪我をしたトラを連れてきた。可哀想《かわいそう》に、左目をやられたようで、まだ完全に傷が塞がっていない。

「お父さん！」

リルが呼ぶとイアンはトラに近づいた。

「お父さんが傷を治してくれるから、じっとしててね」

イアンが傷口の近くに手をかざすと、あっという間に傷が治っていく。リルは感動した。トラは驚いた顔をしてイアンに頭を下げた。

『礼を言う、人間の治療師よ』

イアンは礼を言われているのを感じたので、返答した。

「気にしなくていい、それよりネグラの場所を教えてくれ。あと、他に怪我をしているものがいたら連れてきて欲しい」

その言葉にウサギが走って森に入る。

トラはランドン団長達に近づくと、前足でネグラの場所を示した。

『ここだ、だが気をつけろ、奴《やつ》は影の魔法を使う。突然影から顔を出して襲ってくるんだ』

リルは通訳した。ランドン団長達は大きく頷く。

「それだけわかれば十分です。軍には影の魔法の対応策もあります。早速出動を要請しましょう」

急転直下の解決劇だった。ジャスティンは思わず呆然《ぼうぜん》としてしまう。神獣と意思の疎通ができるとこれほど早く解決するのかと、神獣達を心配していたジャスティンは悔しかった。

王家が『通訳者』を養子とするのも頷ける。

その後はイアンが運ばれてきた神獣達を治療し、リルがもっと詳細なクマの魔物の情報を聞き出した。リルの足元には常時ウサギや森に住む神獣達がいてリルのすることをじっと見ていた。

終わりが近づくと、トラがリルに語りかけた。

『『通訳者』よ、感謝する。このタイミングでお前がいるのは神の導きだろう。おそらく活動期が近い。今後このようなことが増えるだろう』

「活動期？」

そう言った瞬間、ジャスティンが反応した。

「今活動期って言ったか？　トラがそう言ってんのか？」

リルはジャスティンの剣幕に驚きながらも頷いた。

リアはまたジャスティンを睨む。

「う、悪い。しかし活動期が来るなんて大事《おおごと》だ」

「あの、活動期ってなんですか？」

ジャスティンは頭を掻《か》きながら説明する。

「魔物の活動期だよ。およそ百年に一度あるって言われるやつだ。その時は魔物が凶暴化して、前の時は王都の塀が壊されたこともあったらしい」

リルとリアは息を呑《の》んだ。最も守りの堅い王都が侵入を許すなど確かに大事だ。

「その時はドラゴンが来て助けてくれたらしいが、また助けが来る保証なんてないからな。軍は対策を練らなきゃならない」

リルは神獣達を心配した。今回のような時に真っ先に怪我をするのは神獣達だ。リルは活動期がとても恐ろしいものに感じられた。

帰りの馬車で、リルはまだ活動期について考えていた。リアが心配して手を握ってくれる。

トラはリルがいるのは神の導きだと言った。自分に何かできることがあるのだろうかと考える。

翌日、無事クマの魔物が討伐されたと連絡が来た。リルは一先《ひとま》ず胸を撫《な》で下ろすのだった。

◇◇◇

第一聖騎士団での任務が終わった次の日、リアはどうしても気になっていたことをイアンに尋ねることにしていた。

リアからは言い出しにくいことであったが、背に腹は替えられない。訓練の時にイアンを呼び止めて言った。

「もう少ししたらリルの誕生日だと、お父さんは知っていますか？」

寝耳に水だった。イアンはリルに出会った時、リルの誕生日を聞いた。しかしリルは知らないと答えたのだ。でもリアはリルと双子の姉妹なのだ。誕生日が同じなのである。二人はもうすぐ七歳になるのだ。

「リア、教えてくれてありがとう。一緒にお祝いしような」

イアンは本人から教えてもらって申し訳ないような思いになったが、リアの性格上、自分の誕生日を祝って欲しいというより、リルの誕生日を盛大に祝って欲しいという思いの方が強そうだったので素直にお礼を言った。リアはホッとした様子でリルには内緒にしておきますねと言った。


そんなことがあった更に次の日、イアンのもとに甥《おい》のジャスティンが現れた。そしてリヴィアンからの手紙を差し出す。

内容を要約するとこうだ。活動期が近いということで重要人物になるであろうリルとリアに護衛をつけることにした。ジャスティンを二人のそばに置いておけ、だそうだ。

ジャスティンは『守護者』というスキルを持っている。父であるリヴィアンの『剣神』のスキルとは対極で、こと守りに関しては最強を誇るスキルだ。

しかし今まではそれを、王の護衛にという勧誘さえ無視して神獣のために活用していた。誰が説得しても揺るがなかったのにどういう風の吹き回しだろうか。

「お前はそれで納得しているのか？」

イアンが問うと、ジャスティンは当たり前のことのように言った。

「守護対象が『通訳者』ですから。むしろ自分から志願しました。姉の方もなぜか神獣が全く警戒していませんでした。父の言う通り守るべき者かと思います」

イアンは考える。甥は十五歳になったばかりだ。二人のそばにいる護衛としては歳《とし》も近いし悪くないだろう。

自分がリルを守ると豪語する、リアの反応だけが気がかりだが、良い選択なのではないかと思った。

その日の夕方。イアンはジャスティンを二人の護衛として迎えるとみんなに通達した。リアは奥歯をかみ締めてジャスティンを睨んでいたが、今現在では敵《かな》わないとわかっているのだろう、膨れっ面で不満を飲み込んでいた。それを可愛《かわい》いと思ってしまったのは、イアンがリアに対しても父性が芽生えた証拠だろう。

リルは純粋に従兄と仲良くなれることを喜んでいたが、リアはいつか打倒する気満々であった。この三人はうまくやっていけるだろうかと一抹の不安が過《よ》ぎったが、根が優しい三人のことだからきっと何とかなるだろう。イアンは成り行きに任せることにした。

リルはリアと一緒に、ジャスティンに拠点を案内していた。前庭の神獣達のための施設にジャスティンは心から感嘆した。そこで過ごす神獣達は本当にリラックスしている様子だったからだ。

「ジェイお兄ちゃんは神獣が好き？」

ジャスティンは長いので、愛称で呼ぶことを許してもらったリルは上機嫌で尋ねた。

「昔神獣に助けてもらったんだ。森に勝手に入って魔物に殺されそうになった時に、ライオンの神獣に助けられた」

「ライオンさんはたまにここに来るよ。お兄ちゃんを助けてくれた神獣と親戚かもしれないね」

ジャスティンはそうなのかと笑った。あれ以来一度もライオンの神獣と出会ったことはなかったのだ。ここにいたら出会えるかもしれないと聞いて楽しみになった。

「ライオンさんは森を守るお仕事があるからなかなか来られないけど、たまにお土産にお肉を持ってきてくれるんだよ」

ジャスティンはやはり『通訳者』は凄《すご》いと感心した。神獣が獲物を分けてくれるなんて聞いたことがなかった。

「そう言えば、私の時もくれたね、わざわざ挨拶に来てくれるなんて思ってなかったからビックリしたよ」

リアもなんでもないことのように言った。

やはりこの双子は特別なのだとジャスティンは思う。姉のスキルが何であるのかは知らないが、スキル封じの腕輪を着けているのを見る限りかなり強力な物なのだろう。二人とも一般的な六歳よりかなり大人びた思考をしているし、守護霊も憑《つ》いていると聞く。ジャスティンは護衛として気を引き締めた。


あったかスポットに着くと、みんな興味津々でジャスティンを見た。

『リル、その人だあれ？』

「この人はジャスティンお兄ちゃんだよ。今日からここで暮らすの」

みんな一定の距離を保ちつつジャスティンを観察していた。

「活動期が近いから私とお姉ちゃんの護衛をしてくれるんだよ」

リルが言うと安心したのか、またくつろぎ始める。

一匹のタヌキはリアの足元に行って抱っこをせがんでいる。

アイスクリームの時の子だ。リアはタヌキを抱き上げると休憩に入る。リルも案内は終わったからとみんなとお話を始めた。

その光景をジャスティンは感嘆しながら見ていた。神獣は普通人間に近づかないし触らせない。

ここにいる神獣は当たり前のように二人のそばにいた。不思議な光景だった。

小さい頃ジャスティンは、父に付いているマーリンのような守役が欲しくてたまらなかった。だから神獣に会いたくて森に入ったのだ。

結局神獣に助けられただけで終わってしまったが、憧れの気持ちは消えなかった。

だから聖騎士になったのだ。しかし蓋を開けてみれば神獣を助けることもできずに指を咥《くわ》えるだけだった。

でも相手が人ならば守れる。自分は『守護者』なのだから。ジャスティンは全力で二人を守ろうと決めた。

◇◇◇

その日リルはお使いを頼まれた。街に行って指定のお店で品物を受け取って来て欲しいそうだ。リルとリアとジャスティンの三人で街で買い物をするのは初めてで、とても緊張した。琥珀もマロンも連れて行けない。

リルはリアの手をぎゅっと握る。そうしたらきっと何でも大丈夫だと思えるからだ。ジャスティンが御者をして馬車を走らせる。

二人でお話ししながら街に向かった。馬車を降りても二人は手を繋いだままだった。

品物の受け取りはすぐに終わった。あとは適当に街を見て回る。この頃にはリルの緊張も解けて散策を楽しめるようになっていた。

リルは露店で可愛い髪飾りを見つけた。お姉ちゃんに似合いそうだと言ったら、リアもリルのために髪飾りを選んでくれた。デザインは違うがお揃《そろ》いの花の髪飾りだった。髪飾りを購入して屋台でクレープを食べる。とても楽しい時間だった。午後には帰ると約束していたので名残惜しいと思いながら帰宅した。

拠点の敷地に入った途端、おかしな所で馬車が止まった。ジャスティンが馬車の扉を開けてくれると、あったかスポットに神獣達と騎士のみんなが揃っていた。何やらシートが敷いてあってピクニックのようだ。

イアンが二人を抱き上げて言う。

「リル、リア、七歳のお誕生日おめでとう！」

その瞬間みんなからおめでとうの声が上がる。リルは呆然とした。お誕生日の意味を飲み込めなくて固まってしまう。

しかしジワジワと意味がわかって涙が溢《あふ》れてきた。

地下にいた頃、お誕生日がいつなのか、暦を知らなかったリルにはわからなかった。メイドにプレゼントと称して冷たい水を掛けられたことがあったが、こんな温かいプレゼントは初めてだった。

リルはしゃくりあげて泣いてしまった。リルが泣き止《や》むまで、みんな優しく見守ってくれた。

リルが泣き止んだ後、みんながプレゼントをくれた。リアと一緒に受け取ってゆく。

『私達からのプレゼントはこれよ』

神獣達からは綺麗《きれい》な花束を貰《もら》った。みんなで冬に咲く花を探してくれたらしい。とても大変だっ

たのではないだろうか。

「これ全員からよ、似合うといいんだけど」

騎士達からは全身トータルコーディネートされた服と靴、バッグとアクセサリーを貰った。二人お揃いでとても可愛い。

「俺からはこれな。女の子にプレゼントなんて初めてだから、気に入ってくれるといいんだが」

イアンからはネックレス型の可愛い時計を貰った。ちなみにリアは剣を貰っていた。時計は護身用にもなるらしく、鎖を引っ張ると大きな音が鳴った。

「リル、お誕生日おめでとう！　私からのプレゼントはさっきの髪飾りね」

リアはそう言って笑う。

「お姉ちゃんもお誕生日おめでとう！　私からのプレゼントも、さっきの髪飾りでいい？」

二人でお揃いの髪飾りを指して互いを祝う。

リルはこんなに嬉《うれ》しいプレゼントは生まれて初めてだった。リアと一緒にずっと笑っていた。

シートの上にはご馳走《ちそう》が用意されていた。みんなリルとリアの好きな物ばかりだ。二人は嬉しくて沢山食べてしまった。このご馳走はミレナからのプレゼントらしい。

食後には大きなケーキがあった。美味《おい》しすぎてお腹《なか》がパンパンになるまで食べてしまった。

リルはこの日のことを絶対に忘れないと思った。

この先何年経っても絶対に忘れることなんてできない。
生まれてきてよかったと、初めて母に感謝したくらいだ。
今日貰ったプレゼントも、ずっとずっと持っていようと思う。

「みんなありがとう！」

リルは改めてみんなに感謝した。

リルは先日の事件から、一生懸命活動期の解決策を考えていた。今日はリアも一緒になって考えてくれる。

「まず異変に早く気づけることが大事じゃないかな？」

リアはリルには思いつかない現実的な解決策を出してくれる。

「ほら、社会人の基本は報告、連絡、相談だって言うでしょ。それができなかったからこの間は大変だったわけで、早期に報告できていたらもっと問題は簡単だったんだよ」

リアは紙に綺麗《きれい》に文字を書いてゆく。

「だから連絡網を作ろう。温室の時みたいに鳥の神獣にお願いして定期連絡してもらうの。情報がリルのもとに集まるようにすれば軍もすぐ動けるでしょう」

リルは感激した。さすがお姉ちゃんだ。やっぱり私のお姉ちゃんは世界一カッコイイとリルは思った。

「後は軍で倒せない強敵が現れた時に、すぐにドラゴンさんに援軍をお願いできるようにすることかな？　この拠点にも各拠点から魔物の情報を教えてもらえるようにお願いしよう」

リアはまたサラサラと文字を書いてゆく。『活動期対策案』と書かれたそれは綺麗に纏《まと》まっていてとても見やすい。

後ろで二人の様子を見ていたジャスティンは舌を巻いた。この姉はまだ七歳なのに賢いにも程があるのではないだろうか。

社会人の基本とはなんだ、そんなの聞いたこともない。しかし理に適《かな》っている。

「あと私、一つ思ったことがあるの。神獣はこちらの言葉を理解しているわけだから、神獣に文字を教えたら『通訳者』がいなくても大丈夫なんじゃない？」

ジャスティンは思ってしまった。確かに、と。どうして今まで誰も気づかなかったのか。不思議なほどだ。

リルは、凄《すご》いお姉ちゃん天才と無邪気に手を叩《たた》いているが、それが実現したらこの国は変わる。神獣と共に、今よりもっと発展することだろう。神獣は長く生きる、世界の生き字引でもあるのだ。

そんなことをなんでもないことのように話す姉妹に、ジャスティンは絶句した。

そうして完成した『活動期対策案』はイアンのもとに届けられ、彼をも絶句させることになる。

「凄いでしょ、みんなお姉ちゃんのアイディアだよ！」

リルは大喜びで報告する。

「凄いな、リア。勲章ものだぞこれは」

イアンは若干疲れたようにリアの頭を撫《な》でる。

「それじゃあこちらでできることには早速取り掛かりますね。国への要請はお任せします」

まるで上司と部下のやり取りのような言葉に、イアンはリアに子供らしさを要求するのは間違っているのだろうかと思い悩む。

ジャスティンも後ろで見ていて、リアへの認識を改めることにした。

どこまでも無邪気なリルが癒しである。


リルは早速前庭に出ると、鳥類代表である鷹《たか》を呼んでもらった。

活動期の対策の話をすると、ちょうど神獣達《たち》も対策会議を開いたりしていたようで、人と連携できることを喜ばれた。

後ろで聞いていたジャスティンは神獣も会議とか開くんだなと感心していた。

鷹に連絡網をお願いすると二つ返事で了承してくれた。毎日各拠点近くの森の情報をリルに教えてくれるという。鷹はやっぱり仲間思いで優しいなとリルは思った。

神獣に文字を教える計画の話もすると、とても興味をもってくれた。『通訳者』がいなかった時はとてももどかしい思いをしていたという。ただ活動期中は忙しいので、本格始動は活動期が終わった後になりそうだ。活動期は大体春からおよそ一年ほど続くものらしく、その一年は精一杯耐えるしかないのだ。

春までに対策を完璧にしなくてはならない。

鷹とお話ししていると、唐突にリアが言った。

「ねえ、鳥達はどれぐらいの重さのものを運べる？」

『自分の体重と同じくらいが限度だな』

リルが通訳してやる。

「なら怪我《けが》をした神獣を軽量化した魔道具のカゴに入れて運ぶことはできるかな？　お父さんみたいに『治癒』のスキルを持つ人の所まで運べたら活動期もちょっとは安心じゃない？」

『おお、それは良いな。一羽では無理でも数羽で協力すれば大きいものでも運べるだろう』

リルの通訳にリアは笑う。

「これは国に相談しないと駄目だから、決定するまでちょっと待ってね」

『ああ、結果を楽しみにしているぞ』

上機嫌の鷹をリアは撫でた。そして早速報告しようとイアンのもとに走り出す。


その三日後のことだった。拠点にリヴィアンとマーリンがやってきた。

「やあ、今日も可愛《かわい》いね。双子ちゃん達」

リヴィアンが二人の頭を撫でると、ジャスティンが顔をしかめる。

父親のキザなセリフに拒絶反応が出たようだ。

「今日は先日の『活動期対策案』の話をしに来たよ」

イアンも交えて話したいため団長室へ移動すると、早速リヴィアンは話し出す。

「この案自体は概《おおむ》ねそのまま了承できるよ。ただ救護に関しては決めなきゃならないことが多すぎる。『治癒』のスキル持ちは少ない訳ではないけれど多くもないからね。いきなり鳥が飛んできたら、街の住民に神獣が攻撃される恐れもあるしね。そもそも神獣にどうやって能力者の場所を教えるかって問題もある」

リヴィアンの言葉にリアは答える。

「それならすでに対策案を纏めてあります。こちらの資料をお読みください」

一瞬、部屋に沈黙が訪れた。

「なるほど、すでにできてるかー。今日はこちらも案を用意してきたんだけど、比べてみようか。いい方を採用したらいい」

話し合いはとてもスムーズに進んだ。リルは途中からよくわからなかったが、細かい所は全てリアに任せることにした。

昼過ぎにようやく話し合いが終わると、リヴィアンは言った。

「いやーもっと時間がかかると思ってたんだけど、さすが天才少女。話が早くて助かるな。話し合いの直前に腕輪を外したことだけ減点ね」

リアは目をそらして小さく舌を出す。リヴィアンはリアの子供らしい仕草に少し驚いたが、同時に嬉《うれ》しくなった。前にリアが纏っていた張り詰めたような緊張感がなくなったことに気づいたからだ。今見ているのが素《す》のリアなのだろう。

もうすぐ来る活動期で、この子達が心を痛めることがなければいいとリヴィアンは祈った。

◇◇◇

リヴィアンが王都に戻ると、国の上層部に呼び出された。

そこには先日亡命してきたハルキも一緒にいて、何やら魔道具のようなものを囲んでいた。

「ああ、王弟殿下！　これは素晴らしい発明ですぞ！」

大臣が興奮しきった様子でリヴィアンのもとにやってくる。

「これがあれば活動期も乗り切れるでしょう！」

リヴィアンは魔道具を見る。それはボタンのついた半円形の何かだった。

ハルキが落ち着いた声で説明する。

「これは私が作った小型結界魔道具です。レイズ王国の結界を元に作製しました。国を覆う規模は私には無理でしたが、小型のものなら量産は可能だと思い作ってみました。有効範囲は半径五メートルほどですが、今までレイズ王国に魔物が出現しなかったように、結界範囲内の魔物の湧きを防ぎ強力な変異種の攻撃も防ぎます。私には軍の戦い方などよくわかりませんが、魔物との戦闘中に安全地帯を作れると考えれば使えるのではないでしょうか？」

リヴィアンは一緒に渡された説明書を読んで絶句した。戦闘が楽になるとかそういうレベルではない。これが普及すれば、森近くの村や街などが魔物の被害に遭うこともなくなる。神獣達にも使えるようにボタンを押すだけという簡単設計なので弱い神獣達も守れるだろう。

ハルキの持つ賢者の再来という呼称は飾りではなかったのだ。今まで魔物の出現と攻撃だけを防ぐ魔道具というのはレイズ王国にしか存在しなかったのだから。

試作段階であるということで、ハルキはまだ製造コストや燃費の悪さに不満があるようだったが、その辺の改善は活動期が終わった後でもいい。

国はすぐにこの魔道具の量産化に乗り出すことにした。先日活動期が近いと連絡した同盟国にも売りこめばきっと飛ぶように売れるだろう。財政も潤う。

リヴィアンはこんな優秀な人材を腐らせていたレイズ王国に腹だたしい思いだった。

その頃リルはドラゴンと神獣達と活動期対策の話し合いをしていた。

ドラゴンは普段活動期の時は森の奥深い場所を回って魔物を退治しているらしい。森の奥の方が浅い方より強い魔物が出るらしかった。

今回ドラゴンはみんなのために定期的に各森を回って魔物を間引いてくれるという。何でも一度討伐すると再び魔物が湧くのには少し時間がかかるらしい。少し休憩時間を作ることができるようだ。

ちなみに魔物はどこからか湧いてでるもので、神獣達や動物のように繁殖するものではない。それでも倒すと食べられたり素材を取ることができるのだから不思議だ。

リルがドラゴンの負担が大きくないかと心配していると、大丈夫だと言われた。初代国王のウィルスが生きていた時にも、同じようなことをしたらしい。『通訳者』がいなくなって、あまり人間の領土に姿を現すと怯《おび》えられるようになってしまったから、森の深い所だけを担当するようになったそうだ。

話し合いをしていると、リアがおやつを作ってきてくれた。今日のおやつは角煮まんらしい。クマと鷹に合わせたようだ。

リアはドラゴンを見て困ったような顔をしていた。ドラゴンに角煮まんは小さすぎたからだ。

「ごめんなさい、ドラゴンさん、小さいものしかなくて」

ドラゴンは気にするなと笑った。

『久しぶりにこうするかの』

そう言うと、ドラゴンはどんどん縮んでしまった。鷹と同じくらいの大きさになって胸を張る。

「すごい！　ドラゴンさん小さくなれるんだ！」

リルは大喜びで手を叩く。リアとジャスティンは呆然《ぼうぜん》としてしまった。

『ははは、私の十八番じゃ、凄かろう』

姿だけではなく声まで可愛くなっていて、リルは感激した。リアとジャスティンはようやく正気に戻ってドラゴンを見つめた。

リルがおもむろに小さくなったドラゴンを抱き上げる。あまりに可愛かったからだ。

『なんだリルよ、お前も小さいのが好きか。ウィルスもよく可愛いは正義だと言っておったな』

ウィルスさんとは気が合いそうだと、リルは思った。

色々あったがみんなで温かい角煮まんを食べる。お肉がぎっしりで美味《おい》しい。

『リアは料理が上手《うま》いわね、こんな美味しいもの初めて食べたわ』

クマがリアを褒める。リアはいつの間にかやって来ていたタヌキに角煮まんを食べさせていた。

リルが通訳すると嬉しそうに、また作ると約束した。

「お口に合いましたか？」

リアがドラゴンに聞くと、ドラゴンは口いっぱいに角煮まんを頬張っていた。最古のドラゴンの威厳はどこに消えてしまったのか。

『うむ最高だ。これは神に奉納しても喜ばれるぞ』

リルが通訳すると、リアはお礼を言いながら大笑いしていた。ドラゴンが小さくなった衝撃から立ち直り、今度は面白くなったらしい。

「ねえ、ドラゴンさん以外はみんな姿を変えられないの？」

リルの疑問にみんな無理だと答える。

『簡単なことのようにやっていらっしゃるが、凄いことなのだぞ。神の御業《みわざ》に近いことだ』

鷹が尊敬を込めた目でドラゴンを見ながら説明してくれた。

リルは、なら魔法で小さくなれないのかとガッカリした。

それにしても小さくなったドラゴンは可愛い。

リルはドラゴンの頭を撫でながら、毎回小さくなってくれないかなと思っていた。

◇◇◇

パーネルは早く国に帰りたかった。いや、留学中のウィルス王国は素晴らしい国なのだが、活動期が近いというのに国に帰れないこの状況に苛立《いらだ》っていた。パーネルはドラゴンの鱗《うろこ》によく似た青みがかった黒髪をかきあげて苛立ちを静める。

理由は祖国、ドラゴニア聖国の聖女にある。十一歳になったパーネルは聖女から婚約を迫られていた。聖女と歳《とし》が近くて相手のいない王族が自分だけだからだ。今の聖女であるアリエルは、はっきり言ってただのわがまま娘だった。神殿に住むドラゴン様が、アリエルが五歳の時に選んだ聖女だったが、初めてドラゴン様の選択を疑った。

今も活動期が近いというのに贅沢三昧《ぜいたくざんまい》しているらしい。

パーネルは帰れないなら仕方ない、自分のできることをしようと、この国の活動期対策を視察させてもらえないか聞いてみることにした。

特にこの国には今『通訳者』がいるという。神獣と会話ができるその人に、神獣目線の意見を聞きたかった。

ちょうど滞在している王宮で、神獣担当の王弟の補佐をしているエルヴィスに会うことができた。

「おや、パーネル殿下。学園生活はいかがですか？」

エルヴィスはにこやかにパーネルに問いかける。

「エルヴィス殿下、お陰様で充実した毎日を過ごしています。……時にご相談したいことがあるのですが」

パーネルは視察について相談した。

「そうですね、『通訳者』の関わることゆえ、私の一存では決めかねますが、ご希望はわかりました。後日相談の上ご連絡しますね」

パーネルはエルヴィスに感謝を伝えると、王宮の自分に宛てがわれた部屋に戻る。

この国の通訳者は七歳の少女らしい。とても大切にされているようだった。きっとなかなか面会の許可が下りないだろう。活動期の対策だけでも話を聞ければ上々だと、パーネルは思っていた。


「活動期対策の視察ですか？」

リアとリルはイアンに呼び出され、拠点に他国の王子が来ると知らされた。十一歳らしい。元々この国の学園に留学生として招かれているそうだ。

リルもリアも顔を晒《さら》せない。ベールを着けての対応になるが協力して欲しいとイアンは言った。

リルとリアは特に断る理由もないので了承した。

団長室を後にした二人は神獣達のもとに向かう。琥珀《こはく》がみんなにも知らせておいた方がいいと言ったからだ。

道中、最近リアにいつもくっついて歩いているタヌキが待っていた。リアはタヌキを抱き上げると再び歩き出す。

リルは何気なく問いかけた。

「その子、名前をつけてあげないの？」

リアは少し考えて言った。

「じゃあたぬたぬで！」

リルは少しだけ問いかけたことを後悔した。しかしタヌキは嬉しそうだ。

『やったー名前を貰《もら》ったよ！　僕はたぬたぬだ！』

たぬたぬがそれで嬉しいならいいかとリルは納得することにした。琥珀とマロンは微妙な顔をしている。リルのネーミングセンスが普通でよかったと思っていた。

神獣達に、今度活動期対策の視察のために他国のお客様が来ることを話すと、何やら話し合いが始まった。

当日は強い子達が拠点に来るらしい。ナワバリを荒らされないために牽制《けんせい》すると言っていた。

どんな人間が来るかわからないから、牽制するに越したことはないと思っているようだった。

リアもそれには賛成の様子だ。リルはそこまで警戒する必要はないのではと思っていたが、みんなが乗り気なので何も言わずにいた。


視察当日、パーネルは予想外に『通訳者』と面会できることを喜んでいた。

エルヴィスと馬車に乗りながら、活動期対策について話す。

エルヴィスは『通訳者』の双子の姉としか面識がないという。姉の方はエルヴィスが剣を教えていたというから驚いた。

ドラゴニア聖国では女性が剣を持つことなんてない。この国の先進的な考えに、パーネルはいつも驚かされていた。

拠点に着くと、王弟であるイアンとベールを着けた二人の少女が出迎えた。パーネルは少女達を見て驚いた。大きい方の少女の腕には神獣と思われるタヌキが、小さい方の少女の腕には小さいドラゴンが、それぞれ抱かれていたからだ。

ドラゴニア聖国は、代々ドラゴンを崇拝している国だ。神殿に漆黒のドラゴンが住み着いているのだ。実際見たことはないが、ドラゴンは体の大きさを自由に変えられると文献にあった。

ドラゴニアはドラゴン崇拝のお陰で、ドラゴンの同胞である神獣達のことも崇拝している。だが神獣達は基本的に人間に近づかない。パーネルもいつも遠くから見るだけだった。

それが人間のこんな近くにいるのだ。驚かないはずがない。しかも彼女達の後ろからは沢山の神獣達がじっとこちらを見ている。

パーネルは最上の礼法で挨拶した。

イアンが挨拶を返すと、リルとリアも習った礼儀作法にのっとって挨拶した。

「あの、リル嬢の腕の中にいらっしゃるのは、ウィルス王国のドラゴン様でいらっしゃいますか？」

パーネルは緊張しながら聞いた。ドラゴンはいかにもと頷《うなず》く。リルが通訳すると、パーネルは感動した。ドラゴンが小さくなってまでそばにいるのだ、この子は本物の聖女に違いないとパーネルは思った。

拠点の客を牽制に来ていたクマとライオンは、相手の予想以上に丁寧な態度と歳の若さに戦意を喪失した様子だった。

視察は順調に進んだ。パーネルから見て、リルは可愛らしいが礼儀正しい印象で、リアはリルに比べてしっかりとしていて頭のいい印象だった。

大人組はあまり口を出さずに見守っている。歳の近い子達同士の方が話しやすいだろうと思ったからだ。

「ドラゴニア聖国ではどのような対策を考えているのでしょうか？」

リアの質問に、パーネルは澱《よど》みなく答える。

「これまでは神殿にいらっしゃるドラゴン様頼みだったのです。祖国はこの国に比べれば小国ですから、それでも何とかなっていました。でもドラゴン様の手を借りたとしても、人も神獣も大勢亡くなってしまうのです。この国のように人と連携することで、被害者の数を減らせればと思っています」

リアはこの王子はなかなか利発な少年だなと思っていた。でなければ同盟国とはいえ格上の国であるこの国に留学になんて出せないかと思い直す。

「リル嬢は勿論《もちろん》ですが、リア嬢にも神獣様方がとても心を許しているように感じられます。時間をかければ私にも神獣様と絆《きずな》を深めることができるでしょうか？」

パーネルの問いに、リルは近くにいたクロヒョウを呼び寄せる。何となくバーネルの黒髪に一番似合うと思ったのだ。

「できますよ。ねえ、クロヒョウさん、触ってもいい？」

『いいわよ、この子のことは嫌いじゃないわ』

「触ってもいいと言っています」

パーネルは近づいてくるクロヒョウに感動していた。手を伸ばして触れてみると、あたたかくて思ったより毛並みがフワフワとしていた。パーネルはクロヒョウに頭を下げてお礼を言った。

『硬いわねこの子、もうすこしフランクにできないのかしら』

クロヒョウの言葉にリルは苦笑した。ドラゴニアでは神獣は信仰対象だ。この国でもそうだが、その重みはドラゴニアの方が上らしい。彼らの国は国民全員がドラゴン崇拝の敬虔《けいけん》な信徒であると言っていい。あらゆる意味で緩いウィルス王国とは違う。

パーネルは興奮しきっていた。今日という日をドラゴンに感謝したいと願うほどに、有意義な視察だった。特に『通訳者』のリルの神獣と会話する様にパーネルは魅せられた。神獣と友人のように親しく接しているリルは、まるで物語に出てくる聖女そのものだった。

神獣はリルが請《こ》うとパーネルにも触れることを許してくれた。初めて触れた神獣はまるで特上のビロードのように美しい毛並みをしていた。視察の中で、よくブラッシングするとリル嬢が言っていたからその成果だろう。

小さくなったドラゴンを当たり前のように胸に抱えながら歩くリルはパーネルにとって本物の聖女にしか見えなかったのだ。

視察も終盤に差し掛かった時、風が吹いてリルの着けていたベールがめくれた。ほんの一瞬のことだったが、パーネルはなんて美しいのだろうと思った。完全な一目惚《ひとめぼ》れだった。

パーネルは結婚するなら神殿に飾られている絵画の聖女のような女性がいいと常々思っていた。傍若無人な聖女アリエルにまとわりつかれるようになってからは、よりその思いを強くしていた。

リルは美しく、性格も清らかで可愛らしい。まさに理想ではないかとパーネルは思った。

自分は第三王子だ。ウィルス王国は『通訳者』である彼女を絶対に外には出さないだろうが、婿入りなら別だろう。他国の世継ぎではない王子である自分にも十分にチャンスはあるはずだ。

そう思ったパーネルは、リルを誰にも取られたくない一心で、猛アプローチを開始した。

貴族の常識にのっとり、遠回しに自分はどうかとアピールする。

しかし最低限の礼儀作法の教育しか受けていないリルはパーネルの態度の変化に気づかなかった。

焦《じ》れたパーネルが直接聞いてみようとした時だった。リアがリルに提案した。

「ねえリル。パーネル殿下も一緒におやつの時間にしない？　みんなも小腹が空《す》いただろうし、神獣がおやつを食べる風景も見せてあげたいでしょう？」

リルはいい提案だと厨房《ちゅうぼう》に駆けて行った。

リルが見えなくなると、突然パーネルにレイピアが突きつけられた。何とか反射で避《よ》けたが、そのままの体勢だったら当たっていたかもしれない。

驚くパーネルの首元にレイピアを突きつけながら、リアはパーネルを睨《にら》んだ。

イアンは頭を抱えてパーネルに謝罪すべきか悩んでいた。視察中に求愛などという無礼をはたらこうとしたのはパーネルだが、剣を突きつけるのはやり過ぎである。イアンが口を開こうとした時、リアが先に口火を切った。

「一体何のおつもりですか？　本日は視察にいらしたはずでは？　パーネル・ジェイ・ドラゴニア第三王子殿下？」

パーネルにレイピアを突きつけたままのリアの声は低い。

「いや、すみません。リル嬢を一目見て、その美しさと清らかさに惚れ込んだのです。こんな時に求婚しようとした無礼は詫《わ》びます。その剣を下ろしてはくれませんか」

パーネルの護衛も、間に入っていいものか戸惑っている。先に無礼を働いたのはパーネルだからだ。

しかし彼の言葉はリアの逆鱗《げきりん》に触れた。リアとリルは前世から双子である。全く同じ顔であるため、一目惚れという言葉に嫌悪感を抱いていた。

「そうですか、一目見て惚れ込んだと。ではこれではどうですか？」

そう言ったリアはあえてリルと同じ表情を作ってベールを取った。

その顔はリルと全く同じだった。パーネルは唖然《あぜん》としてしまう。

「私は一目惚れほど信用ならないものはないと思っています。だって、それって顔が同じなら誰でもいいということでしょう？　失礼にも程があると思いませんか？」

あえてリルのような顔を作ったままリアはそう言った。パーネルはそれでもと言葉を続ける。

「それでも、俺は運命だと思ったんだ。リア嬢の気分を害してしまったことは詫びましょう、でもリル嬢に求婚しようとした気持ちは本物です」

首元にレイピアを突きつけられたままパーネルは言い切った。

「では決闘致しましょう。私と剣で勝負して、先に剣を落とすか、地に膝を突いた方が負けです。貴方《あなた》が勝ったら求婚を許可します。負けたら金輪際リルに求婚なんて真似《まね》はしないでください」

リアはパーネルに決闘を申し込んだ。パーネルも王族ゆえに剣の心得はある。相手は四歳年下の女の子だ。負けたら恥以外の何物でもない。パーネルはその決闘を受けた。

両国の大人達は頭を抱えてしまった。目配せでお互いの無礼を水に流そうと伝え合う。争いの内容は全く子供らしくないが、子供がしたことなのだ、目くじらを立てるのも良くないだろう。


こうしてリアとパーネルの決闘は始まった。

パーネルは女の子が相手だから手加減しなくてはと思っていた。

だがリアはリルが絡むと非情だった。決闘前にも先制攻撃を仕掛けてくる。

「そもそも国民の命がかかった大事を前に、色恋にうつつを抜かすような色ボケ王子はリルに相応《ふさわ》しくありません」

それはパーネルの心に深く突き刺さった。ぐうの音《ね》も出なかったのである。

「リルが活動期のためにどれほど心を砕いているか……それなのに貴方は自分勝手な理屈でリルの邪魔をしようとしているんです。私はそんなの許しません」

試合開始前にパーネルの心はズタズタだった。それでも何とか剣を構える。

開始の合図と同時にリアは駆け出した。初撃は軽く往《い》なしたパーネルだったが、徐々におかしいと感じ始めた。彼女は強い。力はないがスピードと技巧はかなりの物だ。そういえば、エルヴィスに剣を習っていると聞いていた。パーネルが気づいた時にはもう遅かった。パーネルの剣は弾《はじ》かれ、リアのレイピアの切っ先が喉元に突きつけられていた。

「私の勝ちです。もうリルに近づかないでください」

リアは勝負が始まる前から自分の勝利を確信していた。リアは前世から剣道と柔道を極めている。その上今世でも、保護されてからは研鑽《けんさん》を怠ったことはない。年季が違うのだ。王族として片手間に剣を習っているパーネルが敵《かな》うはずがない。

パーネルは呆然とした。自分はどれほど慢心していたのか。この四つも年下の女の子に自分の醜さを全て暴かれたような気がした。

パーネルは己を恥じた。そして立ち上がるとリアに頭を下げた。

「申し訳ない。俺は間違っていた。でも、諦めきれないんだ。いつか必ずリル嬢にふさわしい男になって見せる。だからその時は、どうかまたチャンスをくれないだろうか」

パーネルは敬語を忘れるほどに必死だった。

リアは瞠目《どうもく》した。ちょっと虐《いじ》めすぎたかと思っていたのに、彼はまだ諦めないらしい。リアは少し見所がありそうだと思った。

「わかりました。私とリル、両名宛にするなら文通くらいは許可しましょう。いつか私が認める結果を出せたら、求婚も許可します。今日の失態を胸に刻んで努力してください。それができない男にリルは任せられません」

パーネルは喜色満面でリアにお礼を言った。なかなか素直でよろしいと、リアはパーネルに対する認識を改めた。

話もいち段落ついた時、リルが台車に沢山のパイを載せて戻ってきた。この視察のためにミレナに焼いてもらっていたのだ。

それからのパーネルは有言実行しようと、懸命に活動期対策について考えた。リル達と真面目に意見交換して、ハラハラしていた大人達は安心していた。パーネルは元々学園でトップクラスの成績を修める優秀な少年なのである。

神獣達とパイを食べながら活動期について語っていると、時折神獣達からも意見が出る。その度にリルはパーネルに通訳した。

神獣目線からの意見など聞いたことがなかったパーネルは、目から鱗が落ちる思いだった。

これまでの自分達は神獣達のことを考えているようでいて、それができていなかったのである。

パーネルは今日の成果を国に伝えるため一時帰国するという。留学中なのですぐに戻ってくるから、戻ってきたら手紙の交換をしようと約束した。

帰りの馬車の中で、パーネルはエルヴィスに剣を教えて欲しいと懇願した。エルヴィスは快く了承する。

「しかし、パーネル殿下が惚れたのがリルで良かったです。リアだったら私が決闘を申し込んでいた所でした」

パーネルはその時のエルヴィスの笑顔に背筋が凍ったという。

後日、パーネルからリルとリアにお礼状と贈り物が届いた。それは顔を隠すためのベールだった。

前のとは違って風が吹いてもめくれないように重石《おもし》のような宝石が付いている。それでいてデザインは派手ではなく、パーネルのセンスの良さが窺《うかが》えた。

リルとリアも気に入ったのでこれから愛用することにしようと決めた。

十章

活動期

Chapter Ten

冬が終わり、拠点には春がやってきた。そろそろ活動期が始まる頃だ。リルは神獣達《たち》を心配していた。

それは突然にやってきた。連絡網で各地に飛ばした鷹《たか》達から、強力な変異種の目撃情報が多く寄せられるようになったのだ。一日に何十もの魔物が湧いて、変異種へと進化しているという。

リルはそれをイアンに伝え、さらに知らせを受けた各拠点の聖騎士達が対応する。鷹達は求められると何度も聖騎士達のもとに飛んでくれた。小さな鳥達も頑張って上空から穢《けが》れの気配を辿《たど》ってくれている。

リアは鷹達から寄せられた情報を整理してまとめる役割を担ってくれている。リアのまとめた情報書類はわかりやすいと評判である。

活動期が訪れた直後はてんやわんやだった。普段は街に近い詰所にいる聖騎士以外の騎士達が、拠点に臨時の詰所を造って寝泊まりするようになった。

小さな神獣達は多くが完全に拠点住まいになったので、神獣達のためのテントも張った。

リルとリアはパーネルから贈られたベールを被《かぶ》って顔を晒《さら》さないように気をつける。

数日で小さな神獣達は騎士達に慣れたようで、休憩中の騎士達に挨拶しに行ったりしていた。騎士達は神獣達がここまで近づいてくれるなんてと感動していた。リルが神獣の言葉を通訳すると騎士達は賢く可愛《かわい》い神獣達に夢中になっていた。

休日にはよく留学中のパーネルが拠点の手伝いに来てくれた。なんと自分から志願して来たらしい。他国の王子様ゆえに国とは少し揉《も》めたらしいが、何があってもこの国に責任は問わないと念書まで書いたと聞いてリルは驚いた。パーネルと、最前線で状況を把握する役を担うことになったエルヴィスが連れ立って拠点にやってくると、騎士達は緊張している様子だった。しかし、すぐにそうしていられないほど騎士達は忙しくなった。

イアンが『治癒』の能力を持っているため、拠点は治療施設も兼ねることになっていた。イアンのもとには怪我人《けがにん》や怪我をした神獣が絶えず運ばれてくる。国旗が全面につけられたカゴを大きな鳥達が協力して拠点まで運んできた。中には怪我をした人や神獣が入れられている。

イアンが治療に専念している間、パーネルがよく補佐をしてくれた。

怪我人の治療で忙しいイアンの代わりに拠点を取り仕切っていたのはヘイデンだった。彼は普段の適当さが嘘《うそ》のようによく働いた。やる気がないだけで元々有能なのである。

リルは鳥達が飛んでくる度に話を聞いた。夜は鳥達が動けないため、夜明けと共に膨大な情報がリルのもとに届けられた。朝に魔物の情報を聞いて昼までには各拠点に伝達して夜更けまでに討伐する。そんな流れが出来上がっていた。

ハルキの作った結界魔道具のお陰で夜は安心して寝られる。おかげで騎士達は極限状態まで精神をすり減らすこともなく、冗談を言い合う余裕さえあった。

リルはこのままこの状態が続いてくれればと思っていたが、そんなに甘いものではなかったのである。


夏に差し掛かった時、鳥達から寄せられる情報が急増した。とうとう本格的な活動期が始まったのだ。

『リル、魔物の湧きが急激に増えた。これからが活動期の本番だ。ドラゴン様にもっと短期間で各森を回って魔物を討伐してくれるよう依頼しよう』

鷹はそう言うと、ドラゴンのもとへ飛んで行った。今でも慌ただしいのにもっと魔物が増えるのかとリルは憂鬱な気持ちになった。

出現する魔物の種類も多岐にわたり、話を聞いているリルも情報をまとめているリアも大変だった。

やっぱり最も被害に遭うのは神獣達で、搬送されてくるも間に合わず、亡くなってしまう子達が多くいた。リルはその度に涙を流した。

リルが水場のそばで隠れて泣いていると、パーネルがやって来た。足元に神獣がいたのできっと彼に案内してもらったのだろう。

「しっかりしてください、この状況を変えられるのはリル嬢だけです。貴女《あなた》だけが、神獣達の言葉を伝えられるんです。前を向いてください。亡くなった者達のためにも」

パーネルのオニキスの瞳に真《ま》っ直《す》ぐに見つめられてリルは涙を拭いた。そうだ、神獣達の言葉を伝えられるのはリルだけだ。今のこの状況が好転するかはリルにかかっている。泣いている場合ではない。リルは覚悟を決めた。

涙を拭いて決意を固めた様子のリルに、パーネルは痛ましい気持ちになったが、リルのためにも厳しい言葉をかけるべきだろうと思い目を伏せた。実際、この活動期を乗り切れるかはこの小さな少女の双肩にかかっているのだ。その責任はあまりに重すぎる。早くこの少女を支えられる男になりたいと、パーネルは強く思った。

それからは暑さが増すにつれて魔物の数が増えていった。

ドラゴンが拠点にやってくる。

「今日はこの森の魔物を一掃しよう」

ドラゴンは一度に多くの魔物を狩ることができる。ドラゴンが狩った後は湧き直しまで時間がかかる。そのためそれが騎士達のいい休息時間になっていた。騎士達はみんなドラゴンに感謝していた。このドラゴンが建国王と契約を交わしたドラゴン本人だと知ると、祈りを捧《ささ》げる者もいた。ドラゴンは各森を回って順番に魔物を討伐していった。

夏の盛りになった頃、魔物の数はピークに達していた。

とうとう拠点にも魔物が押し寄せてきた。リル達はハルキの作った結界魔道具の中で、騎士達が魔物と戦うのを眺めていた。リルは眺めていることしかできないのが歯がゆくてしょうがなかった。

その時森の中から魔物に追いかけられたウサギが姿を現した。どうも怪我をしているようだ。

『助けて！』

ウサギが叫んでいる。リルは駆け出そうとしたが、ギリギリの所でリアがリルを止めジャスティンに押し付けた。

そしてリアがウサギに向かって走り出す。

「お姉ちゃん！」

手を伸ばして姉を呼ぶリルにジャスティンは舌打ちすると、とりあえずリルを押さえつけた。走り出したリアは既にジャスティンのスキルの有効範囲にいない。

リアはウサギを抱えると魔物に切りかかる。これくらいならリアでも十分に対応できる。新手が現れる前に倒してしまおうとリアは思った。魔物の喉元を貫こうとした時、魔物の首が真っ二つになって切り落とされた。切った本人であるエルヴィスはウサギごとリアを抱えると、結界の中に放り込んだ。

「何をしているジャスティン！　護衛対象から離れるな！」

エルヴィスがかつてないほど怒っている。ジャスティンは寒気がした。エルヴィスは他の魔物のもとへ駆けて行くと、怒りのままに魔物を両断した。騎士達から歓声が上がる。『剣豪』のスキルは伊達《だて》ではないのだ。

リルはリアが抱えていたウサギをイアンとパーネルのもとへ連れてゆく。イアンが怪我を綺麗《きれい》に治してくれた。リルはホッと息を吐く。

「リア嬢は大丈夫でしたか?」

リルは頷《うなず》くと俯《うつむ》いてしまう。あの時リルが駆け出そうとしなければ、リアはあんな無茶をしなかったのではないかと思っていた。ジャスティンから離れるなと何度も言われていたのに、感情のままに駆け出そうとした自分のせいでリアを危険に晒したのだと後悔していた。

「後悔しているのなら、それを次に繋《つな》げるべきです。今回は二人とも無事でした。まだ次があります。どうか前を向いてください」

パーネルはいつもリルが元気になれる言葉を掛けてくれる。リルは頷いて彼の目を見た。その目は優しさに満ち溢《あふ》れていた。彼はとても優しい人なのだとリルは思う。

「ありがとうございます」

リルは笑ってお礼を言うとリアのもとに戻った。パーネルはベール越しでしかリルの笑顔を見られないことを残念に思っていた。

拠点に押し寄せた魔物が全て倒された時、時刻はもう夕暮れだった。ハルキの結界魔道具がなかったら、怪我人の治療もできずに終わっていただろう。幸いにも今日の死者はゼロだった。

エルヴィスは諸々《もろもろ》の処理を終えると真っ先にリアの所へ行った。リアは叱られると思って身を硬くしていたが、予想外にエルヴィスは優しくリアの頭を撫《な》でた。

「無事で良かった」

エルヴィスがそう言って笑うと、リアは混乱した。

「べ、別に助けてもらわなくても、あれくらい自分でなんとかできました！」

違う、こんなことが言いたい訳ではないのに、口から出た言葉はこれだった。リアはエルヴィスの顔が見られなかった。そっぽを向いたまま服を強く握りしめた。

エルヴィスは笑ってそうかと言うと、リアの頭を撫で続けた。

◇◇◇

その日からは魔物の湧きが落ち着いてきた。

ドラゴンがこれからは変異種の数も減ってくるだろうと言う。

リルがそれを通訳すると騎士達から歓声が上がった。ピークは脱した。それでもまだしばらくは忙しいだろう。だが先への希望が見えたことでみんな安堵《あんど》した。

リルは通訳係として神獣の言葉を騎士に伝え続けた。拠点によっては神獣と騎士達が共闘して魔物を倒していたという。

現時点で死傷者の数は歴代最低だとエルヴィスがリルに教えてくれた。それだけではなく、襲われた村などはあっても騎士以外に死者はいないらしい。ハルキの結界魔道具が守ってくれたようだ。

秋になると、リルにも騎士達のための炊き出し作りを手伝う余裕ができた。今まではミレナと街の女性達が頑張ってくれていたのだ。リアが久しぶりにクッキーを沢山焼いてくれて、リルはホッとした。

なんだか食べた瞬間涙が出そうになった。自分で思っていたよりも、ずっと張りつめていたのかもしれないと思う。

秋の終わりには、ドラゴンがいなくても大丈夫なくらいには、魔物の数も強さも落ち着いた。

そして冬になると、ようやく活動期が終了した。ドラゴン曰《いわ》く、例年よりとても早く終わったようだ。みんなが頑張って沢山魔物を倒したからだろう。

拠点では騎士達が狩った魔物の肉とお酒で慰労の宴会をしている。リル達も給仕や料理を作るのを手伝っていた。すると、騎士達にお嬢様達はこっち側だと言われてエルヴィスとパーネルが座っている上座に連れていかれた。

「おーい、お嬢様達にジュースをお持ちしろ！」

騎士達はリルとリアにジュースや料理を次々に持ってくる。

「神獣様の料理も忘れるなよ！」

琥珀《こはく》とマロンと、いつの間にかリアの膝の上にいたたぬたぬの前にも料理が置かれて二人は目を白黒させた。

「よし、活動期一番の功労者の二人にカンパーイ！」

「「カンパーイ！」」

騎士達はリル達に向かって乾杯する。リル達もあわててグラスを掲げた。

エルヴィスとパーネルはその光景を微笑《ほほえ》ましく見守っていた。

騎士達は知っていたのだ、この拠点で一番小さいのに誰よりも頑張っていたのが二人であることを。

リルとリアは顔を見合わせた。なんだか涙が零《こぼ》れそうで、慌ててお互いのグラスをぶつけ合う。

それからはリルとリアも宴会を楽しんだ。騎士達に感謝の言葉をかけられる度、胸が熱くなった。

リルのしたことは無駄ではなかった。無事活動期を乗り切ったのだ。

その日は夜まで大宴会だった。神獣達はすっかり拠点の騎士に慣れていたため、一緒になって宴会を楽しんでいる。

『これがお祭り？　楽しいね』

Orange

たぬたぬが種族関係なく大騒ぎするみんなを見て呟《つぶや》いた。マロンがお祭りとはちょっと違うんじゃないかと返すが、確かに祭りのようなにぎやかさだった。

クマと騎士達が力比べを始めたり、小さな動物達と追いかけっこ勝負をしたりしている騎士もいる。

トラはお酒を飲んだのだろうか。ぐでんぐでんになって同じく酔っ払った騎士達と笑いあっている。

ヘイデンがどこから持ってきたのかギターのような楽器を演奏しだした。するとみんなが陽気に歌いだす。

なんだかとっても元気が出そうな歌だった。

「あれは騎士に伝わる伝統曲だよ。任務終わりにみんなで歌ったりするんだ」

エルヴィスが不思議そうにしているリルとリアとパーネルに教えてくれた。

三人も覚えて一緒に歌う。神獣達もみんなヘイデンの周りに集まって歌っている。なんて楽しいのだろうとリルは思った。

しばらく歌を楽しむと、リアがピザを焼こうと言って席を立った。ピザ、それは前世でもたまにしか食べられなかった大好物だ。リルは慌ててリアを追いかける。

聞きなれない料理名に興味をひかれたのだろう。エルヴィスとパーネルとジャスティンも一緒に厨房《ちゅうぼう》にやってきた。

リアはあらかじめ大量の生地とソース、切った食材を用意していた。先程騎士に連れて行かれたため料理を中断していたのだ。

「パン焼き窯は空いてますか？」

今日の宴会の調理を担当してくれた街の女性達にリアが問いかけると、彼女達も何をするのか興味をひかれたのだろう、窯の周囲のスペースを開けてくれた。リアは早速ピザを作り出す。

出来上がったものを窯に入れると、すぐにチーズのいい匂いが漂い始めた。拠点の窯は大きいものが複数個あるため一度に数枚焼ける。出来上がった第一陣目はリル達と厨房にいた女性達で食べた。

リルはその味に感動する。焼きたてのピザを食べるのは前世を含めても初めてだった。いくらでも食べられそうだ。

エルヴィスとパーネルも興味深そうに食べている。上品な二人は手づかみで食べるピザに少し苦戦していたが、味は気に入ったようだった。

「これ、絶対騎士に人気になると思うぞ」

ジャスティンは二切れ目のピザに手を付けながら感心したように言った。

街の女性達はリアにレシピを聞いている。簡単に作れるうえに子供達が好きそうな味だったから家でも作ってみたいという。

女性達の協力で騎士達の分もどんどんピザを焼いてゆく。騎士達も神獣達も気に入ったらしく焼いても焼いても終わらなかった。

「大量に生地を用意しておいて正解だったね」

リアがたぬたぬに何枚目かわからないピザを食べさせながら言った。横で琥珀とマロンも美味《おい》しそうにピザを食べている。

リルもお腹《なか》がいっぱいになるまでピザを食べた。前世では病気のせいで一切れが限界だったから、いつかお腹いっぱい食べてみたかったのだ。夢が叶《かな》って大満足だ。

後日、騎士達の間でピザが宴会の定番料理になったと聞いた。ところ変わっても流行《はや》る料理は変わらないんだなとリルとリアは笑った。


少し経《た》って活動期の終了が公的に宣言されると、各拠点で慰霊祭が開かれた。亡くなった人や神獣達の冥福を祈り、魂が迷子にならないように火を焚《た》いて煙で天への道を示すのだそうだ。

これにはリル達や騎士達、そして神獣達やドラゴンも参加していた。

満天の星の下、みんなで空に上る煙を見ながらリルは思わず呟いた。

「どうして活動期なんてあるんだろう？」

小さくなってリルに抱かれていたドラゴンは答えた。

「活動期は世界の穢れを祓《はら》うのに必要なのだ。これがないと穢れが溜《た》まりすぎて世界が存続できなくなる」

そんな重大なことだったのかとリルは驚いた。ドラゴンはさらに言葉を続ける。

「そしてこれは神が人間に与えた試練でもある。そして人間が試練を乗り越えられるように、神は綺麗に磨かれた魂の持ち主に特別な力を与えて、別の世界からこの世界に生まれ変わらせるのだ。今回はリルとリア、そしてハルキがそれだった」

リルは困惑した。いきなり自分が神に選ばれた人間だと言われたのだ。リルにその自覚はないし、何をすればいいのか全くわからない。

「わからずとも良いのだ。ただ神は確かに試練のためにリル達をこの世界に呼んだが、何もしなくても神罰などはありはしない。お前達の存在はあくまでこの世界の人間が試練を乗り越えるために用意された、ちょっとした神からの慈悲なのだ。今回のようにうまく機能することもあれば、逆に悪い方に進んでしまうこともある。全ての結果は人間次第というわけだ」

リルはわかったような、わからないような、そんな複雑な気持ちになった。

「深く考えず、思うように生きれば良い。それがきっと世界を良い方向に導いてくれるだろう」

今までのように神獣達と人間の架け橋になればいいのだろうかと、リルは考えた。

「転生者は私達三人だけなのかな？」

リルが問うとドラゴンは首を傾《かし》げる。

「わからん。いるかもしれないし、いたとしてもお前達とは違う世界や国の人間かもしれない。神のすることだからな。ただ、お前達は日本という国にいたのだろう？　それは初代建国王ウィルスと同じ国だ。国を覆う結界を作ったレイズ王国の賢者は、確かまた別の世界の人間だったはずだ。何もできずに普通に暮らしていた者も過去にはいただろう」

この世界は案外転生者だらけなのかもしれないとリルは思った。

「まあ転生させるのも簡単なことではないから、いても精々五、六人だと思うぞ」

まだ会えていない転生者もいるんだろうか。もしいたら会いたいなと思う。

死者を弔う煙を眺めながら、リルはこれから先もみんなと幸せに暮らせることを祈っていた。

書き下ろし番外編

神獣達のお祭り

Extra edition

活動期も終わりかけた頃、リルは騎士達《たち》に相談された。なんでも神獣達に活動期中の感謝の気持ちを伝えたいらしく、どうすれば神獣達が喜ぶか悩んでいるのだそうだ。

リルは頭を悩ませた。そしてあることを思い出して騎士達に提案する。

「神獣さん達はお祭りに行きたがってました。神獣さん達のためのお祭りを開催するのはどうでしょう」

祭りか、と騎士達は考える。神獣に楽しんでもらえる祭りとはどんなものだろうと話し合いを始めた。リルもそれに参加する。神獣達のことを一番知っているのはリルだ。騎士達はリルに神獣が楽しめる屋台やイベントのアイディアを聞いた。

祭りの準備を進めるごとに参加者は増えていった。話を聞いた聖騎士達や街の女性達も神獣達の祭りに協力してくれるという。

リルがメイナードの所に行くと、メイナードは屋台でやるゲームに必要な道具を作ってくれていた。今のところは輪投げとボウリングと磁石を使った魚釣りのようなゲームだ。

輪投げは神獣達が口にくわえて投げられる程度の距離で、大きい神獣達も楽しめるように種族によって距離を調整できるようにした。

ボウリングは特に種族差なく楽しめるだろうということでシンプルに作ってもらった。倒したピンの数に応じて料理と交換できるコインが貰《もら》えるのだ。

魚釣りも釣った数で貰えるコインの量が変わるようになっている。

メイナードと数名の騎士達はどの道具も丁寧に作ってくれていた。

「リル、ちょっとお手伝いしてくれないか？」

メイナードが言うのでリルは喜んで頷《うなず》いた。リルに与えられた仕事はボウリングのピンに絵を描くことだ。記憶にあるボウリングと違ってピンは細長い筒のような形で描きやすい。リルは折角だから可愛《かわい》くしようと筆で一生懸命絵を描いた。

「お、リルちゃん上手《うま》いな。画家になれるぞ」

騎士の一人は本心からそう言った。前世から絵を描くのが好きだったリルの画力はとても高い。

メイナードはリルの神獣観察日誌からそのことを知っていてリルに絵を任せたのだ。

完成した道具達は色とりどりでとても綺麗《きれい》なものになった。


リルはもっと神獣達のためのゲームを作れないかなと悩んだ。悩んだ末ハルキに手紙で相談する。同じ転生者なら何かアイディアが思い浮かぶんじゃないかと思ったのだ。

数日後、返ってきたのは手紙だけではなく小さな大砲のような形をした魔道具だった。説明を読

む と射的のようだった。しかも手で持つことのできない神獣のためにボタンで角度や向きを調整して発射できるようになっている。

リルは大喜びでハルキにお礼の手紙を書いた。ハルキも祭りに招待したが、残念ながら魔道具の開発で忙しくて来られないという。残念だなとリルは思った。

ハルキから神獣達の写真を楽しみにしていると返事が来たので、当日は気合を入れて写真を沢山撮ろうと思う。

「嬉《うれ》しそうだね、リル」

「だって神獣さん達にもお祭りを体験させてあげたかったの。みんな羨ましがっていたから」

リアは喜んで準備を進めるリルのために一肌脱ぐことにした。お祭りのゲームの景品に、沢山のジャーキーとドライフルーツを作ろうと考えたのだ。

リアはイアンにお願いして討伐した魔物の肉を分けてもらう。大量のお肉を薄切りにしてタレに漬け込むと、オーブンの鉄板に並べる。上から香辛料を振って低温でじっくり焼いたら完成だ。

作っていたら楽しくなってきて、折角だから味を変えていろいろ作ろうかと考える。神獣によって好みが違うだろうからみんなに味見してもらって聞いてみるのもいいなと思っていた。

厨房《ちゅうぼう》に入ってはいけないという約束を律義に守って扉から中を覗《のぞ》いていたたぬたぬは、ジャーキーが食べたくて切ない声をあげる。それを聞きつけたリアがしょうがないなと出来上がったばかりのジャーキーを食べさせてやる。

「この味を覚えていてね、たぬたぬ。次に作るやつとどっちが好きか教えて」

たぬたぬはキリッとした顔で頷いた。僕はグルメなタヌキだ、味見でリアの役に立つぞと思っていた。こうしてたぬたぬの体重は日々増加してゆくのであった。


祭りの前日、リルは街の女性達の所へ行った。そこでは神獣達のための屋台料理の準備が行われている。

フルーツの飴《あめ》がけやチョコレートがけ、お肉がたっぷりと入った焼き饅頭《まんじゅう》など屋台らしい料理の準備が進められている。

これらの料理はゲームをクリアすると貰えるコインと交換できるしくみにした。リアの作ったジャーキーとドライフルーツもコインと交換できるようになっている。

「リルちゃんも手伝ってくれる？　明日までにたくさん作らないといけないから、大変なのよ」

ミレナに言われて、リルは喜んで手伝うことにした。

饅頭の具を包んでいく作業は本当に大変だった。しかも神獣の大きさに合わせて包む具材の量を変えなければならなかったから、最初はいびつな形になってしまった。

上手にできなくて謝罪すると、失敗した物は味見用になるから大丈夫だとみんな励ましてくれた。

リルは一生懸命饅頭を包んでいく。神獣達に喜んでもらいたいその一心だった。

やがて大量の饅頭が積みあがるとみんなで歓声を上げる。あとは明日屋台で焼くだけだ。神獣達の喜ぶ顔が見られるといいなとリルは思う。

◇◇◇

祭り当日。朝早くから拠点の前庭にいくつもの屋台が建てられた。神獣達はあったかスポットに集まってソワソワと準備ができるのを待っていた。

リルは神獣達に、咥《くわ》えて持てる袋を配った。ゲームでゲットできるコインを入れておくための袋だ。みんなに他の子の袋と間違えないように注意する。

リルは同時に、ゲームは並んで順番に遊ぶこと、喧嘩《けんか》しないようにすることを言い聞かせた。

神獣達は、はーいと元気よく返事をする。みんないい子達だからきっと大丈夫だろう。

今日は普段は森の巡回でいない大きい子達も交代で拠点に来てくれている。

いつのまにかドラゴンも小さくなってみんなに交ざっていた。

『たこ焼きの屋台もあるのだな。あれはウィルスが広めたものだ。懐かしいな』

ドラゴンの言葉にリルはやっぱりと思った。この国ではたこ焼きが普通に売られているから、おかしいと思っていたのだ。日本からの転生者だったという初代国王が広めたのなら納得だ。

ちなみに神獣にあわせて、今日のたこ焼きにはタコではなくお肉が入っている。

「おーい準備ができたぞ！　祭りの始まりだ！」

騎士の呼ぶ声に、神獣達は一斉に走り出した。みんな一目散にゲームの屋台に向かってゆく。

小さい子達の後を追うようにクマやトラも走り出した。最後にドラゴンが小さな翼を羽ばたかせて飛んで行く。リルも琥珀《こはく》とマロンと一緒にゲームコーナーに向かった。

騎士達が担当してくれているゲームコーナーは、神獣達の多くが遊べるように同じゲームでもいくつか用意されている。数が多いからみんな喧嘩せずに楽しめているようでリルはホッとした。

『やった！　コイン三枚ゲット！』

ハルキが作ってくれた射的では、小さな的を倒すほど貰えるコインの枚数が増える。キツネが前足で器用にボタンを操作して小さな的を倒せたようだ。キツネは袋にコインを入れてもらうと、焼き饅頭の屋台に駆けだした。

「琥珀とマロンも遊んでおいでよ。私はジェイお兄ちゃんと一緒にいるから」

ジャスティンが持っていた袋を二匹に差し出して護衛は任せろと言った。

「じゃあ、お言葉に甘えさせてもらうわね」

「折角だからお祭りを満喫してくるよ」

二匹はそう言うとゲームの後ろに並んだ。

「良かったな、みんな楽しそうで」

ジャスティンが上機嫌なリルに笑いかけるので、リルも満面の笑みを返した。すると料理の屋台を手伝っていたリアが駆けてくる。

「リル、ジェイ兄！　今のうちにたこ焼き食べよう！」

料理の屋台が混みだすのはもう少し後だ。今のうちに休憩がてらたこ焼きならぬお肉焼きを食べておくのはいい案だろう。三人は神獣達の様子がよく見えるアスレチックの上に座ってたこ焼きを食べた。神獣達のゲーム風景を見ながら食べるたこ焼きは格別だ。お祭りという感じがする。

「あれたぬたぬか。遠目でもすぐわかるな」

ジャスティンがボウリングのゲームを見ながら言った。丸々と太ったたぬたぬは確かに一目でわかる。大きなボールと並ぶとまるでボールが二つあるように見えた。リルとリアは笑ってしまう。

「お前は笑い事じゃないだろうが。どうすんだあんなになるまで食わせて」

リアがジャスティンに軽く小突かれている。

たぬたぬに沢山おやつを食べさせた張本人であるリアは多少反省していた。しかし食べている姿が可愛くてやめられないのである。それにリアは前世で、『みちる』が病気のためだんだん食欲が落ちて何も食べられなくなってゆく様を喪失の恐怖を覚えながら見ていた。だから他者が元気に食べている姿を見ると、つい安心して欲しがるだけ与えてしまうのだ。

活動期中はリア自身の不安とストレスも相まって、余計に与えすぎてしまった。ダイエットさせないとダメかなと少し考える。

リル達はゲームをする神獣達を眺め続けた。

魚釣りゲームでは琥珀が釣竿《つりざお》を咥えて魚を釣っていた。強めの磁石にしたからか、短時間で沢山魚を釣ることができている。ネズミやリスなどの小さい神獣はこのゲームが苦手なようだ。大きめの子達が屋台に集まって歓声を上げている。

小さい子達には射的やボウリングが人気なようだ。勢いをつけてピンを倒すために助走をつけてボールに突進していた。

輪投げはやはり咥えて投げるのが難しかったらしい。あまり人気がなかったが、景品よりもやりがいを求める神獣達がいるようで、失敗しては悔しそうに何度も並びなおしていた。騎士達もムキになって何度も挑戦する神獣達に根気よく付き合っていた。

おやつ目当ての神獣達は、コインが手に入ると食べ物の屋台に直行する。お腹《なか》がパンパンになるまで食べるつもりだろう。ウサギにはフルーツの飴がけが大人気だ。今後特別な日のおやつにするのがいいかもしれない。

どうやらたこ焼きに心ひかれたネズミがいたようだが、たこ焼きはネズミには大きすぎた。見かねたクマがシェアして残りを食べてやる。そんな光景がそこかしこで見られた。大きい子達はこんな時でも小さい子達のことをちゃんと見ているのだ。

リルは平和な風景に胸が熱くなった。活動期中との差を考えると涙が溢《あふ》れそうだ。

溢れそうになった涙を拭ってたこ焼きを完食すると、リルは神獣達のもとに走っていった。

神獣達とお話しして感想を聞かなくては。そして写真を撮る。それが今日のリルのお仕事だ。そんなリルの後ろを、カメラを持ったリアが追いかける。沢山写真を撮って思い出を残そうとリアも準備していたのだ。


リルはまずたこ焼きを頬張るドラゴンのもとに行った。さすがドラゴン、コインを大量にゲットしたらしく周りには屋台の料理が積まれていた。全種類食べるつもりだろう。

『おお、リル。祭りは楽しいな。つい年甲斐《としがい》もなく夢中になってしまったよ』

リルは嬉しくなって笑う。楽しんでくれたなら何よりだ。

『ウィルスが即位した時も祭りがあったが、パレードだなんだで祭り自体を楽しむことはできなかったのだ。まさかこれほどの時が経《た》って夢が叶《かな》うとは思わなんだ。騎士達に感謝しなくてはの。もちろんお前達にも』

ドラゴンは言うと、次の焼き饅頭を頬張り始める。その顔は本当に楽しそうでリルはホッとした。

リルはカメラのシャッターを押すと、ドラゴンと別れた。

次に輪投げのコーナーに行くと、一頭のトラが歓声を浴びていた。どうやら輪投げマスターが現れたようだ。トラは器用に輪を咥えると頭を振りながら投げる。すると一番難しい遠くの棒に輪がかかった。得意げなトラを写真に収める。

『すごい！　カッコイイ！』

並んでいたキツネが興奮して飛び跳ねている。リルはキツネに話しかけた。

『もう何度も挑戦してるんだけど、うまくいかないんだ。トラさんみたいにできるといいんだけど』

キツネは悔しそうに順番が来るのを待っている。上手にできるといいねと言いながらリルはまたシャッターを押してその場を離れた。

ボウリングコーナーは白熱していた。リスやネズミなどの小さな子達が沢山並んでいる。ピンを並べなおす騎士達は大変そうだ。リルは忙しそうにする騎士達のことも写真に収めた。

ちょうどたぬたぬが並んでいたので話しかける。

「調子はどう？　たぬたぬ」

『コインをいっぱいゲットしたよ！　次はデザートを食べるんだ！』

たぬたぬの袋にはコインが入っていないようだった。きっとコインを手に入れるたびに料理と交換しているのだろう。これはまた太りそうだ。でもたぬたぬはプクプクしている所が可愛いのでまあ今日くらいはいいかとリルは思った。

たぬたぬと並んでいる神獣達の写真を撮ってリルは次の場所に向かった。

しばらく写真を撮りながら歩いていると、足にもふっとしたものが触れた。

見ると口に袋を咥えた琥珀がマロンを乗せてすり寄ってきていた。喋《しゃべ》れなかったからそうしたみたいだ。

話をしようと琥珀が咥えていた袋を受け取ると、ずっしりと重かった。マロンの袋も同様だ。どうやら沢山遊んだらしい。

『これから食べ物の屋台を回ろうと思うの。マロンとシェアして色々食べようって話してたのよ。沢山交換できそうだからリルも一緒にどう？』

リルは少し休憩しようと琥珀の提案に頷いた。

屋台を回ると街の女性達が話しかけてくれる。話を聞くと、特に焼き饅頭とフレッシュジュースの屋台が人気らしい。飲み物の屋台の数を増やしておいてよかったと思う。

琥珀とマロンがリルの分もコインで交換してくれる。琥珀は大好物のジャーキーがあって嬉しそうだった。

フルーツのチョコレートがけとフレッシュジュースをいただきながら、座って二人とお話しする。

『祭りというのは楽しいね。みんな笑顔になって、まるで魔法にかかったようだ』

マロンが詩的な感想を零《こぼ》すと、本当にそうだなとリルは思った。騎士達も、街の人達も、神獣達もみんな笑っている。暗くつらかったこの一年が嘘《うそ》のようだ。

『私も今日は楽しかったわ。森じゃこんな経験絶対できないもの。いい思い出ができたわ』

リルは騎士達に感謝した。騎士達が言いださなければ、こんな素敵な祭りは実現しなかった。国から伝わって他の拠点でも似たようなことをやる予定らしく、みんなが楽しめたらいいなとリルは思っていた。

楽しい時間はあっという間に過ぎる。すぐに夕方になってしまった。祭りは終わりだ。

最後にみんなで歌って踊る。楽器が得意な騎士達と街の人達が演奏する曲に合わせて、みんなで手をつないで神獣達を囲んだ。

鳥の神獣達が曲に合わせて歌いだす。みんなクタクタになるまではしゃいで笑いあった。

疲れ果てた小さな神獣達があったかスポットで眠っている。人間達は後片付けをしながら微笑《ほほえ》ましげに神獣達を見ていた。

大きな子達は片づけを手伝ってくれて、沢山あった重い木材があっという間に片付いた。

これから騎士達はお酒を飲んでお祭りのお疲れ様会をするらしい。先日の宴会でお酒を気に入っていたトラ達を誘っていた。

リルは騎士達の体力に感心した。リルはもうクタクタですぐにでも神獣達の中に潜り込んで眠りたかった。

でも宴会は楽しそうだなと思う。今日は頑張って起きておいて、明日遅く起きるのも悪くないかと考えた。

夕飯代わりに余りものの焼き饅頭やたこ焼きを食べながら、街の女性達と今日の感想を言い合う。

みんな楽しかったと言ってくれてホッとした。

リルは最後に、眠る神獣達を写真に収める。これからも人間達と神獣達の友好が長く続きますようにと願った。

あとがき

はじめましての方も別の書籍でご存じの方もご覧いただきありがとうございます。はにかえむです。

この作品は第九回オーバーラップＷＥＢ小説大賞銀賞受賞作になります。

受賞の連絡を頂いた日がちょうど私の誕生日の当日で、どんな誕生日プレゼント!? と驚愕《きょうがく》したのをよく覚えています。

私は病気療養中にベッドから動けないストレスを発散するために小説を書いておりまして、特に作家になりたいと思っていたわけではありませんでした。コンテストに応募したのも、お祭り感覚でとりあえず参加しておくか、くらいの気持ちでした。なのでプロットも作らなければキャラクター設定すらなく思いつくままに書いたものをネットにアップしていたのです。

それが投稿したとたんものすごい勢いで閲覧数が増えて、怖くなって一度連載を止《や》めました。

そのためＷＥＢ版はかなりごちゃごちゃした作品になっています。書籍版とは最早《もはや》別物ですね。

書籍化するにあたり設定など整えたので、ＷＥＢ版よりは格段に読みやすくなっているかと思います。

設定がかなり変わってしまったため、この巻の続きをWEBで読もうと思った方はとても混乱するのでご注意ください。


さて私のことばかり話しても面白くはないと思いますので、作品について語りたいと思います。

この作品において私が最も書きたかったのは姉妹愛で、リルとリアの関係でした。

受賞が決まってから恋愛要素を追加してほしいとのことだったのでパーネルとエルヴィスを追加したのですが、二人の姉妹としての絆《きずな》の強さは健在です。

二人の恋愛模様はあくまで子供らしく可愛《かわい》らしくを意識して書いています。しかしエルヴィスはなぜか書いていると筆が乗ると言いますか、勝手に動くと言いますか、戸惑うリアを過剰に猫可愛がりしたがります。

恋愛においては天真爛漫《てんしんらんまん》なリルは悪意なく相手を振り回す小悪魔で、しっかり者のリアは逆に振り回される側なのがこの姉妹の面白いところかなと思います。


神獣達《たち》に関してはなるべく動物の生態をちゃんと調べてから書くようにしています。執筆のために動物の動画を見始めたら止まらなくなって、結局執筆が遅れるのはしょっちゅうでした。

私にとってこの作品で一番共感できるキャラクターがたぬたぬなので（怠惰なところとか食べるのを止められないところとか）ついたぬたぬをたくさん出してしまうのですが、一番好きな動物は犬だったりします。

特に大型犬が大好きなので、リルのパートナーは狼《おおかみ》になりました。わたあめ様がとってもかわいくイラストにしてくださって、私としては大満足です。

読者の方々はどのキャラクターがお気に召しましたでしょうか？　みんな可愛いと思っていただけると嬉《うれ》しく思います。

最後に、この本の制作に携わったすべての方々と、応援してくださる読者様に深い感謝を。ありがとうございます。それでは、また二巻でお会いできることを願って……。

OVERLAP NOVELS f

捨てられ転生幼女はもふもふ達の通訳係 1

発行　2025年2月25日　初版第一刷発行

著者　はにかえむ

イラスト　わたあめ

発行者　永田勝治

発行所　株式会社オーバーラップ
〒141-0031
東京都品川区西五反田8-1-5

校正・DTP　株式会社鷗来堂

印刷・製本　大日本印刷株式会社

ISBN　978-4-8240-1090-2 C0093

【オーバーラップ　カスタマーサポート】
電話　03-6219-0850
受付時間　10時～18時(土日祝日をのぞく)

作品のご感想、ファンレターをお待ちしています

あて先:〒141-0031　東京都品川区西五反田8-1-5 五反田光和ビル4階　ライトノベル編集部
「はにかえむ」先生係／「わたあめ」先生係

スマホ、PCからWEBアンケートにご協力ください

アンケートにご協力いただいた方には、下記スペシャルコンテンツをプレゼントします。
★本書イラストの「無料壁紙」　★毎月10名様に抽選で「図書カード(1000円分)」

公式HPもしくは左記の二次元コードまたはURLよりアクセスしてください。
▶ **https://over-lap.co.jp/824010902**
※スマートフォンとPCからのアクセスにのみ対応しております。
※サイトへのアクセスや登録時に発生する通信費等はご負担ください。

オーバーラップノベルスf公式HP ▶ **https://over-lap.co.jp/lnv/**

婚約破棄されたので食堂を開いたら癒やしの力が開花しました
大衆食堂悪役令嬢
東原ミヤコ
illust. ののまろ
コミックガルドでコミカライズ!!!!!!!
手作りご飯でみんなを癒やします!
王太子に婚約破棄されたことをきっかけに出奔し、食堂経営を始めたリディア。平和に暮らしたいリディアだったが、リディアの作る料理に癒やしの力が宿っていることが発覚し――？　不遇の少女が「奇跡のごはん」でみんなを幸せにする癒やしのグルメファンタジー開幕!
OVERLAP NOVELS f

OVERLAP NOVELS f
二度と家には帰りません！
I'll Never Go Back to Bygone Days!
Author みりぐらむ
Illustration ゆき哉
国王の弟に見出された令嬢のシンデレラストーリー！
WEB発の人気作！
母と双子の妹に虐げられていた令嬢のチェルシーは、12歳の誕生日にスキルを鑑定してもらう。その結果はなんと新種のスキルで!?
珍しいスキルだからと、鑑定士のグレンと研究所に向かうことになったチェルシーを待っていたのは、お姫様のような生活だった！

実家の魔道具店で奴隷のようにこき使われていたリゼ。
倒れたところを、天才魔術師と名高い氷の公爵・ディオールに保護される。
彼のもとで、リゼは自由気ままに魔道具作りを開始！
すると、みるみるうちに評判は広がり——
気づけば国一番の称号を貰うことになっていて!?

第13回オーバーラップ文庫大賞
原稿募集中!
イラスト：片桐
これは、
世界を変える
魔法《ものがたり》
【締め切り】
第1ターン 2025年6月末日
第2ターン 2025年12月末日
各ターンの締め切り後4ヶ月以内に佳作を発表。
通期で佳作に選出された作品の中から、「大賞」、「金賞」、「銀賞」を選出します。
【賞金】
大賞…300万円
(3巻刊行確約+コミカライズ確約)
金賞……100万円
(3巻刊行確約)
銀賞……30万円
(2巻刊行確約)
佳作……10万円
投稿はオンラインで！ 結果も評価シートもサイトをチェック！
https://over-lap.co.jp/bunko/award/
〈オーバーラップ文庫大賞オンライン〉
※最新情報および応募詳細については上記サイトをご覧ください。
※紙での応募受付は行っておりません。